스켈레톤 마스터

WISHBOOKS GAME FANTASY STORY

더페이서 게임 판타지 장편소설

스켈레톤 마스터 2

더페이서 게임 판타지 장편소설

초판 1쇄 찍은 날 | 2018년 7월 12일
초판 1쇄 펴낸 날 | 2018년 7월 19일

지은이 | 더페이서
펴낸이 | 예경원

기획 | 위시북스
편집책임 | 이규재
편집 | 위시북스

펴낸곳 | 예원북스
등록번호 | 제396-2012-000132호
등록일자 | 2012. 7. 25
KFN | 제1-281호

주소 | 경기도 고양시 일산동구 호수로 646-24 위너스21II빌딩 206A호 (우)10401
전화 | 031-819-9431 팩스 | 031-817-9432
E-mail | yewonbooks@naver.com

ISBN 979-11-89348-45-8 04810
979-11-89348-43-4 (set)

※ 이 도서의 국립중앙도서관 출판시도서목록(CIP)은 서지정보유통지원시스템 홈페이지 (http://seoji.go.kr)와 국가자료공동목록시스템(http://www.nl.go.kr/kolisnet)에서 이용하실 수 있습니다.

스켈레톤 마스터 2

WISHBOOKS GAME FANTASY STORY

더페이서 게임 판타지 장편소설

Wish Books

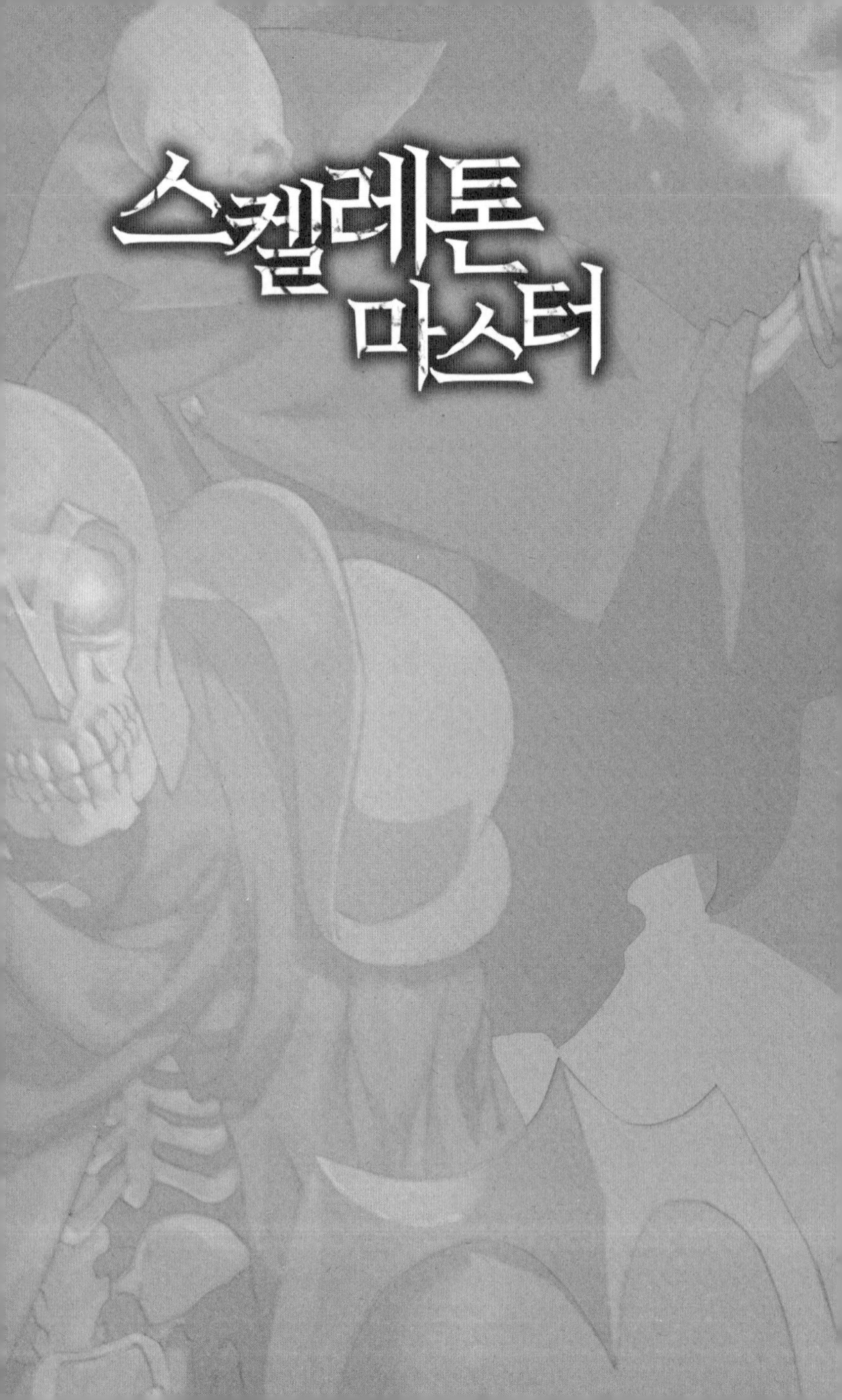

스켈레톤 마스터

✦✦✦ CONTENTS ✦✦✦

제1장
이번에는 특수 던전

인벤토리에서 둔화의 독을 꺼냈다.

스컬 지팡이의 날에 둔화의 독을 묻힌 후 정면에 있는 리자드맨 나이트에게 다가갔다.

세 마리 리자드맨 나이트의 허벅지를 차례대로 찌른 후 활뼈에게 가 녀석들이 사용하는 갈비뼈에도 둔화의 독을 묻혔다. 활뼈3에게는 환각의 독을 묻혔고.

활뼈 공격.

갈비뼈를 뚝 하고 뽑아 시위에 걸었다.

파앙!

날아간 뼈 화살이 거대한 리자드맨 나이트의 가슴에 적중했다. 둔화에 걸린 놈의 움직임이 눈에 보일 정도로 느려졌다.

이 정도면 되겠지.

이후 검날에 환각의 독을 묻힌 후 나머지 세 마리를 연달아 공격했다. 놈들이 환상에 빠져 허우적거리는 사이, 다시 둔화의 독을 묻힌 후 멀쩡한 한 마리를 집중적으로 공격했다. 이제 눈을 잃은 녀석과 약간의 타격만 입은 녀석만이 남은 상태였다.

남은 MP는 500가량, 버틸 수 있는 시간은 기껏해야 8분 남짓. 반면 HP는 800 정도가 남은 상태다.

몸을 돌보지 않기로 했다.

다가가서 지팡이를 뻗었다. 날카로운 검이 리자드맨 나이트의 팔뚝에 꽂혔다. 그 순간 위에서 떨어지는 대검이 보였다.

공격 한 번에 죽지는 않는다. 무혁은 날아오는 대검을 무시한 채 같은 부위를 찔렀다. 연달아 몇 번이나 찔렀을까.

크워어어어!

크리티컬이 연이어 터지면서 놈이 절규했다. 덕분에 빠르게 처리할 수 있었지만 그만큼 무혁의 HP도 꽤나 떨어졌다.

"후우……."

남은 HP는 500 정도.

고개를 돌렸다.

보스라고 할 수 있는 거대한 리자드맨 나이트가 이미 스켈레톤 대부분을 역소환시킨 상태였다. 검뼈가 한 마리, 활뼈 역시 한 마리만 남은 상태였다.

다시 정면을 바라봤다. 그곳엔 양쪽 눈을 잃은 리자드맨 나이트가 있었다. 이내 등을 돌려 보스라고 할 수 있는 거대한 리자드맨 나이트에게로 돌진했다.

검뼈, 뒤로.

물러나는 검뼈를 쫓는 놈의 등을 찔렀다. 환각이 적용되었는지 놈이 행동을 멈췄다.

그사이 무혁은 놈의 정면에 섰다. 그대로 복부를 찔렀다. 그리고 그것을 뽑아 다시 한번 찔렀다.

[크리티컬이 터집니다.]

[236의 대미지를 입힙니다.]

빠르게 공격을 이어갔다.

활뼈, 대기.

검뼈, 앞으로.

명령을 내리는 사이, 10퍼센트가량의 체력이 깎여 나간 거대한 리자드맨 나이트가 정신을 차렸다. 그 순간을 노린 무혁은 검뼈에게 검을 찌르라고 명령했다.

활뼈, 공격.

뼈 화살이 날아들어 거대한 리자드맨 나이트의 가슴에 꽂혔다.

크워어어어어!

거대한 리자드맨 나이트가 휘두른 대검이 무혁의 어깨에 닿았다.

빠르다!

너무 빨라 피하지 못했다. 무릎이 굽혀졌다. 엄청난 충격이었지만 어깨가 잘려 나가진 않았다. 갑옷 덕분이었다. 하지만 HP는 상당히 줄어들었다.

무혁은 몸을 일으켜 또다시 같은 부위를 찔렀다.

[크리티컬이 터집니다.]

[228의 대미지를 입힙니다.]

[연속 크리티컬!]

[추가 대미지(30)를 입힙니다.]

놈의 대검이 회수되는 사이, 무혁은 다시 찔렀다.

[크리티컬이 터집니다.]

[231의 대미지를 입힙니다.]

[2연속 크리티컬!]

[추가 대미지(60)를 입힙니다.]

찌르고, 찌르고 또 찔렀다.

거대한 리자드맨 나이트 역시 거대한 대검으로 무혁을 공격했지만 무혁은 무시한 채 계속해서 같은 부위만을 공격했다.

남은 HP는 280가량.

놈의 대검이 다시 어깨를 때렸다.

[HP(156)가 줄어듭니다.]

남은 HP는 이제 124. 한 번만 더 공격을 당하면 죽는다. 반면 놈의 HP는 보이지 않았다. 죽음이 머지않은 것 같기는 한데 당최 알 수가 없으니 불안했다.

젠장…….

그렇다고 다른 방법이 있는 것도 아니었다. 마음을 다잡고 놈을 찔렀다.

푸욱.

놈은 여전히 움직였다.

30레벨 일반 던전의 난이도가 너무 높게 잡힌 것 같았다. 입장하는 사람의 수와 레벨에 따라서 난이도가 변하는데 이건 아무리 생각해도 이상했다. 하지만 지금은 그런 생각으로 시간을 허비할 수도 없었다. 별수 없이 또다시 지팡이를 내질렀다.

[크리티컬이 터집니다.]

[235의 대미지를 입힙니다.]

그 순간이었다.

크르, 크르륵…….

거대한 리자드맨 나이트가 움직임을 멈췄다. 그러곤 회색빛으로 화했다.

이겼다……!

"사체 분해."

서둘러 스킬을 사용했다. 회색빛으로 물들던 시스템적 변화가 강제적으로 멈춰지고 무혁의 손에 들린 단검이 놈을 해체했다.

[사체 분해를 시작합니다.]

[진행도 5퍼센트, 7퍼센트, 11퍼센트…….]

[사체 분해를 종료합니다.]

[변종 리자드맨 나이트의 힘줄(×1), 두개골(×1)을 얻었습니다.]

이름이 이상했다.

변종?

하지만 그 의아함은 뒤에 위치한 두개골을 보는 순간 사라졌다.

두개골……!

쥐고 있는 주먹이 부르르 하고 떨릴 지경이었다. 놀라움을 뛰어넘는 감정이었다. 일종의 희열이었으나 그보다 깊고 넓었다.

서둘러 인벤토리를 확인했다. 정말 두개골이 있었다.

"이걸 여기서……."

모든 네크로맨서에게 적용되는 숨겨진 정보, 다른 그 어떤 정보보다도 가장 가치 있는 것이었다. 이 정보를 알았기에 무혁은 네크로맨서를 선택했다. 아니었다면 절대로 네크로맨서를 선택하지 않았을 것이다.

"후우……."

거칠게 뛰는 심장의 박동. 한참 동안이나 그 상태가 지속되었다. 시간이 꽤 흐르고 나서야 겨우 냉정을 되찾았다.

일단 나가자.

미소를 지으며 걸음을 내디뎠다. 저 멀리 문이 보였다. 손을 뻗는 순간.

['일반 던전'을 클리어하였습니다.]

[퀘스트와 연관되어 있습니다.]

['오염된 던전'을 클리어하였습니다.]

[보상으로 '아이템 상자'를 획득합니다.]

[특수 보상으로 '칭호'를 획득합니다.]

메시지와 함께 빛이 뿜어졌다.

눈을 다시 떴을 땐 다크 타이거가 나타나는 던전 외부였다. 주변을 살폈다. 몬스터의 기척은 없었지만 이번에는 불을 밝히지 않았다. 던전에 입장하기 전에는 입구를 찾기 위해 불을 밝힌 것일 뿐이었다.

서둘러 다크 타이거의 숲을 벗어났다. 무혁은 그제야 메시지를 제대로 확인할 수 있었다.

오염된 던전이라……. 게다가 퀘스트와 연관이 되어 있다?

무혁은 퀘스트창을 확인했다.

[몰려드는 어둠]

[예로부터 네크로맨서는 음지에서 활동하며 백마법사들의 멸시와 조롱을 받았다. 그러한 것들을 참지 못하고 뛰쳐나온 조폭 네크로맨서의 창시자는 백마법사들 사이에 어둠이 끼어 있음을 우연히 발견했다. 그 어둠만 밝혀낸다면 백마법을 몰아내고 양지로 나아갈 수 있다고 생각한 그는 즉시 어둠을 파고들기 시작했으나 아직까지도 그 정체를 정확하게 파악하지 못한 상황이다. 조폭 네크로맨서의 수제자가 된 자는 이 어둠을 찾아내어 네크로맨서가 양지로 나아갈 수 있도록 노력해야 할 의무가 있다.]

+오염된 던전 : 그곳에 있는 변종 리자드맨 나이트가 어둠에 물들어 있음을 확인했다.

[성공할 경우 : ?]

[실패할 경우 : 직업의 박탈]

한 줄의 메시지가 추가된 상태였다.

그 녀석이 어둠에 물들었다는 건데…….

어둠에 물든 그 녀석이 백마법사와 관련이 있다는 소리다.

잠시 생각해 봤지만 이것만으로는 밝힐 수 있는 게 아무것도 없었다.

언젠가 다시 힌트가 나오겠지.

퀘스트창을 끄고 칭호를 확인했다.

[칭호]

1. 모험의 시작

-모든 스탯 +1

2. 조폭 네크로맨서의 수제자

-HP, MP(200) 상승

-회복률(5) 상승

3. 어둠에 물들지 않은

-어둠 관련 몬스터에게 추가 대미지(+5%)

-어둠 관련 몬스터에게 추가 방어력(+5%)

이번에 획득한 '어둠에 물들지 않은'이라는 칭호 역시 상당히 좋았다.

호오, 마족도 어둠 관련 몬스터였지?

훗날 주요 에피소드의 퀘스트를 깰 때 아주 큰 도움이 되리라.

마지막으로 인벤토리에서 아이템 상자를 꺼내어 그 자리에서 바로 개봉했다.

[아이템이 랜덤으로 나옵니다.]

[지혜의 반지를 획득합니다.]

액세서리였다.

[지혜의 반지]

지혜 +2

MP 회복률(10) 상승

지혜가 2, MP 회복률이 분당 10이라니.

힘, 민첩, 체력을 위주로 올리는 무혁에게는 그야말로 최고의 아이템이었다. 그 자리에서 반지를 손가락에 착용했다.

두개골은 좀 더 성장한 후에 사용하자.

생각의 정리를 마치고 느긋한 걸음으로 왕국으로 돌아갔다. 꽤 오랜 시간에 걸쳐 도착한 무혁은 워프게이트를 이용해 뮬란 왕국의 북문 사냥터로 나섰다.

30레벨의 두 번째 목표, 특수 던전을 향해서.

저레벨 사냥터에는 유저가 너무 많아서 발이 치일 지경이었다. 그래서 재밌는 일도 많이 일어났다.

"여기 우리 자린데요."

"사냥터에 자리가 어디 있어요?"

"아까부터 이 근처 리젠되는 몬스터는 저희 파티가 계속 잡고 있었거든요? 주변에 안 보이세요? 다른 유저들도 다 자리 잡고 사냥하잖아요."

"아, 우린 그런 거 몰라요. 알아서 하세요."

서로 말이 통하지 않는 상황. 어떻게 해야 할까?

현실이라면 일단 소리를 지를 것이다. 목소리가 큰 놈이 이긴다는 진리는 어디서나 통용되는 법이니까.

그런데 현실이 아니라 게임이라면? 어떠한 제한도 받지 않는 일루전이라면?

사람의 내면에 잠재되어 있는 폭력적인 성향이 훨씬 더 잘 드러나게 된다.

"이런, 시발."

"뭐?"

"말귀 더럽게 못 알아듣네. 우리 사냥터라고!"

"이, 이게 무슨……."

"꼬우면 덤비든가!"

바로 지금처럼.

채앵.

검을 뽑은 두 무리가 서로를 주시하다가 이내 서로를 향해 달려들었다.

현실이었다면 정말 별것도 아니었을 시비였으나 게임에서는 무엇보다도 중요했다. 사냥터. 성장하기 위한 필수의 조건이다. 그것을 빼앗기면 남들보다 뒤처질 테니 충돌도 불사한 것이리라.

하지만 저런 유저들도 길드의 횡포에는 입도 뻥끗 못할 것이다.

잠시 싸움을 구경하던 무혁은 등을 돌렸다.

앞으로 나아가기를 몇 분, 인적이 드문 곳에 설치되어 있는 작은 정자 하나가 보였다. 그곳에서 먼저 휴식을 취하고 있는 유저들이 있었지만 무혁은 신경 쓰지 않고 한쪽 구석에 자리를 잡고 앉았다.

"이제 갈까?"

"그래, 푹 쉬었으니."

하지만 다른 무리가 남았다. 게다가 그들이 사라진다 싶으면 또 다른 유저들이 와서 쉬고는 했다. 결국 2시간이 넘게 흘렀을 즈음에서야 마지막으로 남아 있던 무리가 떠났다.

천천히 주변을 훑었다.

아무도 없고.

반대쪽 구석으로 이동한 후 바닥을 살폈다.

툭, 투둑.

쉽게 찾을 수 없었다. 하지만 이곳임을 확신하기에 포기하지 않았다. 그때 다시 유저들의 기척이 느껴졌다. 무혁은 미간을 찌푸리며 동작을 멈췄다가 그들이 사라진 것을 확인한 후에야 다시 수색을 시작했다.

그때였다.

끼이익.

유일하게 소리가 다른 부분을 발견했다. 그 부분을 강하게 눌렀다.

[당신의 레벨(30)을 확인합니다.]

그러자 정자의 중앙 바닥이 사라지고 지하로 내려가는 계단이 나타났다.

그곳을 통해 아래로 내려가는 순간.

[30레벨 '특수 던전'을 발견했습니다.]

[던전 안에서 '경험치(50퍼센트)'와 '아이템 획득 확률(20퍼센트)'이 상승합니다.]

메시지가 떠올랐다.

스윽.

무혁이 아래로 사라진 이후 정자의 중앙 바닥이 다시 위로 올라왔다. 다른 유저들이 휴식을 위해 그곳을 찾았으나 레벨 조건이 맞지 않아 버튼 형식의 바닥은 눌리지 않았다. 물론 메시지도 떠오르지 않았고.

훗날 레벨 30의 유저가 그 작은 버튼 형식의 바닥을 우연치 않게 누르기 전까지는 결코 발견되지 않을 장소였다.

또 한 번 일루전이 뒤흔들렸다. 모든 프로그램이 그것을 집중적으로 조명했다. 게시판도 난리가 났다. 포털 사이트 검색어 1위까지 집어삼켰다.

[던전, 그것은 무엇인가!]

던전의 정체가 드러난 것이다.

-지금 많은 유저분이 던전을 궁금해하고 있는데요. 유라 씨는 던전에 관해서 알고 있었나요?

-저도 최근에야 알았어요.

-오오, 그래도 저보다는 정보를 빨리 접하셨군요.

-그렇죠.

-그럼 던전에 대해 물어봐도 되겠죠? 정확하게 어떤 건가요?

-일반적으로 몬스터는 필드에 있죠.

-그렇죠, 필드.

-그와 달리 조금 더 특별한 보상을 얻기 위해 존재하는 제한된 장소가 던전이라고 생각하시면 이해하기 쉬울 거예요.

-아아, 제한된 장소라…….

-예전 PC 게임을 보면 인스턴트 던전이라고 나오죠? 한정된 맵에 들어가서 끝까지 클리어하면 나올 수 있는 곳이요. 그와 비슷하다고 보면 돼요.

-그렇군요, 혹시 던전 클리어 보상도 아시나요?

-저도 확실히는 몰라요. 하지만 듣기로는 엄청나다던데요?

-예를 들면요?

-던전에 따라 다르겠지만, 아주 유용한 아이템을 주는 경우가 많다는군요. 그리고 간혹 그보다 더 특별한 보상을 주는 던전도 있다고 하네요.

-유용한 아이템이라! 많은 유저가 침을 흘리겠는데요?

-이미 상위 길드들은 던전을 점령하기 위해 분주하게 움직인다고 하더라고요.

-진정한 성장의 시작이겠군요!

-맞아요, 저도 엄청 기대하고 있답니다.

그들은 진정 설레는 표정이었다.

홈페이지 역시 마찬가지였다. 유저들의 반응은 대부분이 우호적이었다.

[대박, 드디어 아이템이 나온다 이거지?]

[하아, 던전이라는 컨텐츠가 있었구만!]

[역시 일루전이다!]

[내가 먼저 찾는다! 꼭!]

하지만 그들이 흥분하는 사이 거대 길드는 이미 행동을 마친 상태였다. 특히나 악명이 높은 하이 길드는 운 좋게 발견한 던전을 독점하기 위해 사냥터를 원천 봉쇄 했다. 길드원 2천 명을 데리고 해당 사냥터 라인을 점령한 것이다.

"더 이상 접근 불가합니다."

"니들 뭔데!"

"오늘 여기서 사냥하기로 했다고!"

"하이 길드 척살 대상에 오르고 싶다면 들어오셔도 좋습니다."

"뭐, 이런 미친……."

욕은 하면서도 막상 들어가진 못했다.

하이 길드 척살 대상. 이 길드가 악명이 높은 이유가 무엇인

가. 그들이 일반 유저를 척살 대상에 올릴 때 같잖은 이유를 들먹인다는 것도 있지만 한 번 오르면 그 유저가 일루전을 접기 전까지는 절대 포기하지 않는다는 악랄함과 끈질김 때문이다.

주변 유저가 수군거렸다.

"갑자기 왜 저래?"

"혹시……."

"뭔데?"

"던전 발견한 거 아닐까?"

"그럼 같이 해야지. 왜 독점하고 지랄인데?"

"병신아, 생각을 해봐라. 네가 길드장이면 다른 유저랑 같이 이용하고 싶겠냐?"

"……."

"에휴, 게임 참 더럽네. 야, 다른 데 가자."

"하아, 젠장."

그렇게 발길을 돌리는 유저가 부지기수였고 끝까지 상황을 보기 위해 기다려 보는 유저가 일부였다.

같은 시각.

무혁은 이미 던전 내부를 거니는 중이었다. 이곳에선 어떤 몬스터가 나올까. 걱정과 기대, 묘한 흥분으로 얼룩진 상태로 끝이 보이지 않는 던전 내부의 길을 거닐었다.

얼마나 나아갔을까, 두 갈래 길이 나타났다. 잠시 고민하던 무혁은 왼쪽을 선택해서 들어갔다. 한참을 걷던 무혁의 미간이 찌푸려졌다. 또다시 나타난 갈림길 때문이었다. 이번엔 세 갈래였다.

흐음…….

묘한 기분을 느끼며 가운데를 선택했다. 이번에는 얼마 걷지 않아 생명체를 발견할 수 있었다.

사람……?

형상은 꼭 사람과 흡사했다. 만약을 대비해서 스켈레톤을 소환했다.

키릭, 키리릭!

거리가 충분히 좁혀지고서야 무엇인지 알 수 있었다. 그것은 썩어버린 시체, 좀비였다.

조폭 네크로 전직하기 전까지만 해도 소환해서 데리고 다니던 존재를 적으로 마주하니 기분이 묘했다.

"활뼈, 공격."

뼈 화살이 허공을 질주한다. 화살이 꽂히면서 좀비가 뒤로 넘어졌다.

그르르…….

하지만 놈은 천천히 일어서곤 무혁에게로 다가왔다. 미간을 찌푸린 무혁이 앞으로 나섰다. 스컬 지팡이를 휘둘러 몸체로 좀비를 강타했다.

[127의 대미지를 입힙니다.]

[125의 대미지를 입힙니다.]

너무나 느렸다.

그르르…….

기이한 울음소리만을 내뱉을 뿐, 전투 능력은 거의 없었다.

"뭐야, 이건?"

순식간에 좀비를 처리했다. 허무함만이 남았다.

뭔가 이상한데……?

고개를 갸웃거리면서도 나아갈 수밖에 없었다. 무혁은 다시 걸음을 내디뎠다.

이윽고 발견한 갈림길. 이번에는 네 개였다.

가장 오른쪽 길을 택해 나아가던 무혁은 다시 좀비를 만났다. 이번 역시 놈을 쉽게 처리하고 떨어진 재료를 쳐다봤다.

"……."

그 재료를 줍지 않고 다시 오른쪽 길을 택했다.

몇 개의 갈림길을 지나니 일부러 줍지 않았던 좀비의 재료가 눈에 들어왔다.

"아……."

미로식 던전이었다.

중앙을 택해 왔던 길로 돌아 나갔다.

다음은 왼쪽.

그렇게 몇 개의 갈림길을 지나자 던전의 입구가 보였다.

"후우, 다행이다."

운이 좋게도 처음으로 되돌아왔다.

미로식 던전을 탈출하는 방법은 하나다. 미로란 것을 인지한 순간부터 무조건 왼쪽 길로만 가는 것이다. 갈림길이 나올 때마다 가장 왼쪽의 길을 택하고 그러다 막히면 직전으로 돌아가 다음 길을 택하는 방식으로 길을 찾아야만 한다. 오래 걸리겠지만 확실한 방법이기에 선택의 여지가 없었다.

그래도 이게 어디야.

레벨이 높아져서 특수 던전이나 유니크 던전에 들어가기라도 하면 아무리 쉬워도 3주는 고생한다고 봐야 한다. 정말 어려우면 1, 2개월이 걸릴지도 모르고.

그래, 18층 던전도 있었지.

한 층의 모든 몬스터를 처리해야만 다음 층으로 올라가는 문이 열린다. 그렇게 18층을 모두 클리어해야만 밖으로 나갈 수 있으니 얼마나 오래 걸릴지, 또 얼마나 고단할지 감히 상상도 가지 않았다.

그에 비한다면야 뭐…….

이 정도는 아주 쉬운 편이다. 물론 차이는 있다. 함께하는 것과 홀로 하는 것. 그래도 그 시기가 되면 동료가 한 명쯤은 있지 않을까?

키릭, 키리릭.

갑자기 스켈레톤 소리가 들렸다. 고개를 돌리니 그곳에 검뼈 한 마리가 있었다. 혼자 다니는 게 외로워서 한 마리만 소환한 상태였기 때문이다. MP에 부담도 되지 않았고 말이다.

그래, 너희들도 동료지.

마음이 한결 가벼워졌다. 느긋하게 왼쪽 길을 택해 나아가기를 1시간.

흐음, 막혔네.

전으로 돌아가는데 그곳에 몬스터가 배회하고 있었다.

올 때는 없었는데?

고개를 갸웃거리며 거리를 좁혔다.

또 좀비인가?

그런데 움직임이 조금 다르다.

저벅.

무혁은 거리낌없이 나아갔고 놈의 모습이 확연하게 보일 때에야 무혁은 다급히 스켈레톤을 모두 소환했다.

강화 좀비……!

31레벨 몬스터였다. 일반 좀비보다 키가 훨씬 크고 덩치가 있으며 또한 움직임이 지극히 자연스럽다. 마치 인간처럼.

절로 긴장감이 흐른다. 32레벨의 강철 개미보다 레벨이 낮은

데 왜 긴장을 하냐고? 강철 개미야 약점을 알고 처리했지만 놈은 약점이 없다. 고통에 움찔거리지도 않고 상처를 도외시한 채 무차별적인 공격을 퍼붓는 놈이다. 체력도 높고 방어력도 뛰어나다. 공격력도 무시할 수준은 아니다. 그러니 긴장하는 게 당연했다.

활뼈 전원, 공격.

뼈 화살이 놈을 때렸다.

퍼억, 퍼벅.

하지만 놈은 아무렇지도 않게 다가왔다.

다시 공격.

거리는 충분하다고 판단한 순간이었다.

파밧.

강화 좀비가 갑자기 속도를 높였다. 생각보다 더 빨랐다. 뼈 화살을 한 번 더 날린 후 별수 없이 검뼈를 앞으로 내보냈다. 방어 모드로 전환한 뒤 무혁이 거리를 좁혔다. 서로 치고받는 전장에 난입해 스컬 지팡이를 휘둘렀다.

퍼억.

강력한 소리와 함께.

[97의 대미지를 입힙니다.]

떠오른 메시지가 눈에 들어온다.

겨우 97…….

무혁의 현재 대미지가 대략 150이다. 높은 힘과 스컬 지팡이의 대미지, 그리고 아이템에 붙은 옵션 덕분이었다. 그런데도 박히는 대미지는 겨우 90대였다.

방어력이 50은 넘는다는 소린데…….

어마어마한 수치다. 이러면 스켈레톤의 대미지가 거의 박히지 않는다.

공격력은 얼마지?

무혁은 일부러 앞으로 나서서 맞아봤다.

[111의 대미지를 입습니다.]

무혁의 방어력은 30이 넘는다. 그런데도 111의 HP가 줄어들었다. 강화 좀비의 공격력은 최소 140 이상.

검뼈들의 HP가 700이 안 된다. 방어력은 20 수준. 한 번 맞을 때마다 120의 피해를 입는다고 본다면 여섯 번의 공격에 검뼈 한 마리가 역소환된다고 보면 된다.

몸통 박치기, 물어뜯기, 할퀴기, 주먹 휘두르기, 발차기 그 모든 것이 비슷한 대미지로 들어올 것이다. 반면, 스켈레톤의 공격은 아주 미미한 수준으로 들어갈 것이고. 걱정이 태산 같았다.

그런데…….

키리릭! 키릭!

상황은 생각보다 어렵게 흐르지 않았다. 방패로 방어를 하니 대미지가 확연하게 줄어들었고 그사이 무혁이 몇 번의 공격을 성공시키면서 생각보다 수월하게 놈의 HP를 줄일 수 있었다.

네 번 이상의 공격을 당한 검뼈는 뒤로 물렸고 튼튼한 녀석을 앞으로 보내 방패로 놈의 공격을 막아내도록 지시했다.

간간이 날아드는 뼈 화살이 놈의 행동에 이질감을 줬으며 무혁 역시 화살을 날려 피해를 입혔다.

그르르륵!

덕분에 현재 놈의 전신이 은빛이었다. 피로 물들었다는 소리다. 움직임까지 느려진 것을 보니 HP가 10퍼센트 이하로 남았다는 뜻. 무혁은 공격에 박차를 가했다.

그륵, 그르륵…….

이윽고 놈이 쓰러졌다.

"후우……."

괜스레 웃음이 나왔다.

이거 정말 강화 좀비 맞아? 하는 생각까지 들 정도였으니 말이다.

그 순간 소환수가 눈에 들어왔다.

키릭, 키리릭!

마치 즐거워하는 것 같지 않은가.

그래, 그 정도로 성장했다는 소리겠지.

30레벨 초반대의 몬스터 중에서도 유독 방어력이 높은 녀석이 강화 좀비다. 30레벨 후반 몬스터와 맞먹는다고 봐도 과언이 아니다. 그런 녀석을 수월하게 처리했다.

소환수들의 대미지가 거의 박히지 않긴 했지만 그래도 조금씩 누적되었을 것이고, 무혁이 당할 공격을 검뼈들이 막아준 덕분이리라.

잡념은 여기까지.

"사체 분해."

강화 좀비에게 사체 분해를 실시한 후 재료를 인벤토리에 넣었다.

이후, 다시 앞으로 나아갔다. 간간이 나타나는 몬스터를 처리했고 길이 막히면 되돌아 나왔다. 막힌 길을 되돌아 나올 때는 항상 강화 좀비가 있었다.

조금씩이지만 출구와의 거리를 좁혀 나가는 무혁이었다.

일반 던전은 그리 힘들진 않았다.

3일 걸렸나.

출구까지 겨우 3일.

그리고 획득한 것은 장갑과 대량의 경험치였다.

[레벨이 상승합니다.]

이로써 레벨은 31이 되었다. 그러고도 50퍼센트가량의 경험치가 쌓였다.

장갑은 어떤지 볼까?

아이템 확인.

홀로그램이 떠오른다.

[전투의 장갑]

공격력 10

힘 +2

내구도 70/70

사용 제한 : 힘 25

힘이 2나 붙은 장갑이었다. 공격력까지 붙어 있으니 판매한다면 적어도 백 골드 이상은 나오리라.

대박이군.

바로 장갑을 착용했다. 이후 스컬 지팡이를 손에 쥐어봤다. 거부감은 없었다. 딱 달라붙는 느낌이랄까.

좋아.

만족스레 웃으며 던전의 출입구를 통과했다.

나타난 곳은 정자의 중앙. 보이는 것은 주변을 둘러싼 같은 복장의 유저들이었다. 수십이 넘는 유저가 모두 똑같은 망토를 착용하고 있었다. 그들 모두의 시선이 단 한 사람, 무혁에게 쏠렸다.

뭐, 뭐야?

잠시 침묵이 흘렀다.

"……."

무혁은 물론이고 그를 바라보는 일단의 무리까지 당황한 기색이 역력했다.

가디언 길드. 포르마 대륙의 30대 길드에 속해 있으며 대한민국에서는 무려 10대 길드에 속하는 거대한 곳이었다.

악명 높은 하이 길드도 대한민국 30대 길드에 겨우 얼굴을 들이미는 수준이니 얼마나 대단한지 알 수 있으리라.

아무튼 던전의 존재가 밝혀진 이후 가디언 길드 역시 대대적인 수색을 실시했다. 덕분에 어제 저녁 무렵, 이곳 정자에 던전이 있음을 발견했으나 이미 누군가가 입장한 상태라 들어갈 수 없었다. 해서 주변에 길드원을 배치시킨 상태였는데 마침 그 누군가가 눈앞에 떡하니 나타났으니 당연히 당황할 수밖에.

"어, 저기, 실례합니다."

그때 한 사내가 앞으로 나섰다.

상황이 묘했다.

어떻게 된 거지? 아니, 그보다 어쩌지?

머리가 어지럽다. 혼란스러운 까닭이었다. 그 순간 갑자기 주변 유저들의 얼굴이 눈에 들어왔다.

그들이 짓고 있는 우월에 찬 표정과 무혁을 내려다보는 시선을 느끼는 순간 감정이 차갑게 식었다. 전신마비로 지내던 시절 자신을 바라보던 주변 사람들의 시선과 겹친 까닭이리라. 동시에 혼란은 사라졌다.

그래, 내가 잘못한 건 없어.

잘못? 당연히 없다. 그저 던전을 이용한 것뿐. 던전 역시 일루전의 컨텐츠 중 하나일 뿐이다. 가디언 길드의 것이 아니다. 움츠러들 이유는 없었다.

"전 가디언 길드의 카일이라고 합니다."

"네."

그래서 일부러 짧게 대답했다. 카일은 그것을 긴장이라 여기고 부드럽게 웃으며 말을 이어갔다.

"이곳 던전을 클리어하신 건가요?"

"맞습니다."

"혹시 저희에게 상황을 설명해 주실 수 있을까요?"

"어떤 상황을 말하는 거죠?"

"어떻게 이곳을 발견하게 되었는지, 그 경위와 던전 내부에 있는 몬스터의 유형, 그리고 클리어할 수 있는 방법이나 특이

사항이랄까요."

무혁이 카일을 빤히 바라봤다.

"왜 그러시죠?"

"제가 왜 그걸 말해줘야 하죠?"

"네?"

"제가 왜 그걸 말해줘야 하냐고 물었는데요."

"아아, 저희는 가디언 길드……."

"질문을 이해 못 하신 모양이네요. 이 던전이 가디언 길드의 것이라도 되나요?"

"그건 아니지만 앞으로 관리를 할 예정입니다."

"앞으로? 도대체 무슨 권리로 관리를 한다는 건지."

"그거야 저희가 먼저 발견을 했으니……."

"그렇게 따지면 제가 관리해야죠."

"……."

"안 그런가요?"

"하하, 그게……."

카일이 난감한 듯 웃었다. 하지만 낯빛은 분명히 굳은 상태다.

그때 한 여성이 나섰다.

"저기요, 가디언 길드 모르시나요?"

"압니다."

"저희 길드를 적대해 봤자 좋을 게 없을 텐데요?"

"제가 적대했나요?"

여인이 피식 웃었다.

"우리가 그렇게 여기면 그런 거죠."

"이상하네요. 이 던전이 가디언 길드의 것도 아니고, 전 그저 먼저 발견해서 이용하고 나왔을 뿐인데요. 던전에서 나오니 갑자기 정보를 요구한 건 그쪽이고요."

"하아, 답답하시네. 우리가 그렇게 여기면 그런 거라니까요. 척살 대상에 오르고 싶어요?"

"척살 대상이라."

"이제 좀 상황 파악이 되세요?"

확실히 껄끄러운 일이다. 하지만 이들이 모르고 있는 것이 있다. 무혁이 던전에서부터 영상을 찍고 있었다는 것. 물론 지금도 찍고 있고.

만약 이 영상을 풀면 어떻게 될까? 어쩌면 남의 일이라고 무시할 수도 있고, 또 어쩌면 비슷한 처지의 무혁을 동정하면서 가디언 길드에 엄청난 비난이 이어질지도 모른다.

거대한 길드를 이끄는 수장이라면 그 비난을 그냥 넘기기 어려우리라.

"길드장이라도 되나 보군요."

"그건 아닌데요, 왜요?"

"지금까지의 행동과 대화, 전부 녹화 중입니다."

"네……?"

"던전을 나왔을 때부터 당신이 했던 모든 강압적인 말과 행동 고스란히 녹화하는 중이라고요. 녹화한 영상 공개하면 꽤나 많은 유저의 반발을 살 겁니다. 그 반발은 분명 가디언 길드에 손해와 불이익을 안겨주겠죠. 가디언 길드장이 그걸 바라는 모양이죠?"

"그, 그건……."

"좋습니다, 척살 대상에 올리세요. 누가 더 큰 손해를 보는지 한번 두고 보죠."

무혁이 걸음을 내디뎠다. 앞을 막고 있는 그녀의 어깨를 툭 치면서. 하지만 가디언 길드원이 너무 많았다. 정자를 가득 메우고 있는 그들이 길을 비켜주지 않으니 벗어나기가 애매한 상태였다.

"계속 막을 겁니까?"

그제야 여인이 정신을 차렸다.

"자, 잠깐만요!"

무혁은 대답하지 않았다.

로그아웃.

대신 일루전에서 나와 버렸다.

무혁이 사라진 자리에서 여인이 울상을 지으며 허공에 손을 뻗었다.

"아, 어, 어떻게 해……."

"하아, 그러게 조심 좀 하지."

카일이 다가왔다.

"설마 녹화하고 있을 줄은 몰랐지!"

"후우, 정말 영상 퍼지면 타격이 꽤 클 텐데……."

그들이 할 수 있는 일은 없었다. 망연자실하게 기다릴 뿐이었다.

영상? 당연히 올릴 생각은 없었다. 올리지 않으면 협상이 가능하지만 올리게 되면 무조건 척살 대상에 오른다. 아직은 저런 거대한 곳과 척을 질 순 없었다.

마음에 안 들긴 하지만 힘이 부족한 이상 인내할 수밖에.

약 2시간이 흐르고, 다시 게임에 접속한 무혁의 앞에 카일과 여성이 보였다.

"드, 들어오셨네요!"

여인이 먼저 다가왔다. 다급한 표정이 그대로 드러났다.

"아까는 죄송했어요……."

"흐음."

녹화가 먹히긴 한 모양이다. 저 여자가 먼저 사과를 하다니. 그래도 불쾌한 감정은 여전했다. 게다가 지금 이 시간이 아깝기도 했고, 더 이상 엮이고 싶은 마음도 없었기에 무혁은 고개를 끄덕였다.

“알겠으니 길이나 비켜주시죠.”

“아, 저기…….”

“또 뭡니까?”

“길드장님이 곧 오실 거예요.”

“예?”

“그, 나쁜 일은 아니에요. 던전에 관한 정보를 주시면 그에 상응하는 보답을 해드릴게요.”

“보답이라.”

“골드도 가능하고, 아이템도 가능해요.”

던전에 등장하는 강화 좀비와 미로식이라는 설명만 해줘도 금화나 아이템을 얻을 수 있다는 소리였다. 노력에 비해 보상이 크니 당연히 거절할 이유가 없었다.

“좋습니다.”

“고마워요! 참, 제 이름도 말 안 했죠? 전 나일이에요.”

“아, 네.”

관심도 없는데 이름은 무슨.

카일과 나일, 두 사람과 어색한 분위기를 이어가는 가운데.

“아, 도착했나 봐요.”

저 멀리 세 명의 유저가 다가왔다. 그중 중앙에 위치한 유저는 한눈에 봐도 좋은 아이템을 걸친 고레벨 유저였다.

그의 이름은 김바다. 알고 있는 유저다. 번거로운 일을 싫어하는 화통한 타입이며 리더십이 있다. 전성기 시절에는 가디언 길드를 포르마 대륙 탑 3까지 올려놓기도 했다. 가디언 길드의 하락세에도 대한민국 20대 길드에는 꾸준히 속할 정도였으니 능력은 확실한 자였다.

"반갑습니다. 가디언 길드장, 김바다입니다."

"무혁이라고 합니다."

"던전을 클리어하셨다고요?"

"네."

"혼자서 들어가셨나요?"

고개를 끄덕였다.

"대단하시군요."

김바다가 바로 본론으로 들어갔다.

"이미 전해 들으신 바와 같이 저희에게 던전 내부 상황에 대해 알려주시면 보답은 충분하게 하겠습니다."

"일단 그 보답의 수준부터 알고 싶네요."

"카일."

"네."

"가져와."

카일이 몇 가지 물건과 주머니를 꺼냈다. 그러곤 무혁에게 보여줬다. 대검, 신발, 갑옷 상의, 모자, 반지가 보였다.

대검부터 확인했다.

[스산한 대검]

공격력 67

힘 +2

체력 +2

내구도 120/120

사용 제한 : 힘 20, 체력 15

눈이 조금 커졌다.

호오…….

두 개의 옵션에 대미지까지 상급이었다. 사용 제한도 낮은 편이었고.

상당히 좋은데. 이 정도면 250골드 이상은 하겠군.

[강철 부츠]

방어력 13

체력 +2

이동속도 +2%

내구도 110/110

사용 제한 : 체력 20, 민첩 10

강철 부츠도 어마어마한 수준의 아이템이었다. 나머지 아이템도 그와 비슷한 수준이었고. 여기에 300골드까지.

절대로 과하지 않다. 던전의 정보를 알고 입장한다면 한결 수월하게 던전을 클리어할 것이고 입장했던 모두가 하나씩 보상을 받게 된다. 그걸 생각한다면 이 정도는 아무것도 아니다.

그 사실을 김바다 역시 알고 있으니 이렇게 선심을 쓰는 거겠지.

하지만 이들은 몰랐다. 100명의 유저가 일반 던전을 클리어할 경우 던전은 사라진다는 사실도 모를 것이고, 무엇보다도 저들이 건넨 물건 가운데 하필이면 '그것'이 있을 줄은 더더욱 상상도 못 할 것이리라.

"마음에 드십니까?"

"네, 충분히."

"아무거나 한 가지 선택하면 됩니다."

고민할 것도 없었다. 무혁은 구석에 있는 반지를 골랐다.

"이걸로 하죠."

"특이하군요, 봉인된 물건을 택하다니. 아무튼, 좋습니다."

무혁은 반지를 인벤토리에 넣은 후 바로 던전에 대해서 설명해 줬다. 이야기를 들은 가디언 길드장이 만족스럽게 웃으며 고개를 끄덕였다.

"그럼 이제 가도 되겠죠?"

"물론입니다."

무혁이 가려는 순간 나일이 외쳤다.

"저기요!"

"왜요?"

"동영상은 지워주셔야죠!"

"제가 왜요?"

"네……?"

"지우는 순간 척살령이라도 떨어지면 어떡합니까? 제가 먼저 알릴 일은 없으니 걱정 안 해도 됩니다. 그럼."

지켜보던 길드장 김바다도 별말 하지 않았다. 그제야 유저들이 길을 비켜줬다. 정자를 벗어나 그들과의 거리가 충분히 멀어졌을 무렵.

"큭……."

무혁은 참지 못하고 웃음을 터뜨리고 말았다. 겨우 30레벨의 일반 던전이니 최고로 좋은 보상을 받아도 무혁이 얻은 전투의 장갑이거나 혹은 이와 비슷한 수준일 것이다.

그에 반해 무혁이 얻은 반지는 어떤가.

[그로이언의 반지(봉인)]

지혜 +1

내구도 50/50

봉인된 상태라고는 하나 내구도와 옵션의 수치가 아주 빈약하다. 누가 보더라도 절대로 귀하다는 생각은 들지 않을 것이다. 그렇기에 보상에 끼워 넣은 것이겠지만.

하지만 이 반지는 그로이언의 물건이다. 세트 아이템으로 각각의 부위에 붙어 있는 옵션이 아주 뛰어난 것으로 유명했다. 그중에서도 상당히 좋다고 평가받았던 반지를 지금 획득한 것이다.

봉인을 푸는 방법 역시 알고 있다. 봉인을 풀게 되는 순간 지혜 +1이라는 저 허접한 수치가 압도적으로 상승할 것이다. 물론 숨겨져 있는 옵션 역시 드러나겠지.

봉인부터 풀어볼까.

계획이 조금 틀어졌다. 아주 좋은 방향으로 말이다.

위브라 제국의 도서관 사서를 찾아갔다.

"오랜만이군요."

"네, 덕분에 좋은 인연을 맺었습니다."

"다행이네요."

사서의 정체는 모른다. 하지만 그가 많은 이와 연관되어 있다는 것은 안다. 조폭 네크로맨서의 로드와도 안면이 있는 사이였으니까. 외에도 얼마나 대단한 자들과 알고 지냈을까. 감히 상상도 되지 않지만 몇 명은 분명히 알고 있다.

그중에 한 사람, 그로이언.

"사실 부탁할 게 있어서 왔어요."

"부탁이라."

"실은 최근에 물건 하나를 얻었는데 알아보니 사서님께서 안목이 좋다고 하더라고요."

"흐음, 누가 그런 말을……."

"아, 발시언 스승님께서 그렇게 말씀을 하시던데……."

물론 들어보지도 못한 말이다.

"그랬군요, 그럼 한번 볼까요?"

"감사합니다."

"인사는 괜찮아요. 보기만 하는 건데요, 뭐."

무혁이 건넨 반지를 받아 든 사서는 느긋하게 살펴보기 시작했다. 그런데 그의 표정이 조금씩 변했다. 편안했던 눈동자가 혼란으로, 그리고 놀라움으로 물든다.

"이건……."

"어떤가요?"

"으음, 아주 좋은 물건을 얻었군요."

"그 말씀은……."

"운이 좋게도 제가 알고 있는 물건이네요. 이건 그로이언이라는 친구가 만든 마법 아이템이랍니다. 지금은 봉인이 되어 있는 상태라 마력의 순도가 낮군요."

"봉인이요?"

"네, 그 친구가 죽기 직전에 남은 아이템을 봉인했죠. 뛰어난 물건이라 자격이 없는 자가 소지하는 것을 방지하기 위해서요. 그걸 이렇게 가지고 왔군요."

"아, 그런 대단한 것인 줄도 모르고……."

"아뇨, 물건을 얻었다는 것만으로도 인연의 증거. 당신은 그로이언의 시험을 치를 자격이 충분합니다."

그 순간 퀘스트가 떠올랐다.

[그로이언의 시험]

[그로이언의 물건을 가진 자여, 시험을 치러 봉인을 풀어라.]

[성공할 경우 : 반지의 봉인 해제, '그로이언의 유품'에 관한 힌트.]

[실패할 경우 : 반지의 봉인 해제 불가, '그로이언의 유품'에 관한 힌트 획득 불가, 재시도 불가.]

[퀘스트를 수락하시겠습니까?]

사서가 말을 이었다.

"시험을 치르겠습니까?"

"물론이죠."

그 시험이 어떠한 것인지 알고 있기에 시원하게 대답했다.

시험을 치를 장소는 함마 왕국의 기쿠 마을이었다. 그곳으로 출발하기 전 인벤토리를 정리했다.

[1,020골드 27실버 39브론즈]

골드가 생각보다 적었다.
경매장 시스템을 확인했다.

[둔화의 독]
[즉시 판매 가격 : 99실버]
[최소 주문 수량 : 10개]
[현재 판매된 수량 : 612개]
[남은 수량 : 388개]

[환각의 독]
[즉시 판매 가격 : 99실버]
[최소 주문 수량 : 10개]
[현재 판매된 수량 : 531개]
[남은 수량 : 469개]

절반이 조금 넘게 팔렸을 뿐이었다.
지금까지, 겨우?
곧바로 다른 유저가 올린 가격을 확인해 보니 각 70실버 수준밖에 되지 않았다.
"하아……."
시세가 내려간 상태였기에 무혁도 별수 없이 개당 가격을 크게 낮췄다.

이런 식이면 50실버까지도 내려가겠네.

그러면 정말 남는 게 거의 없다. 차라리 그 시간에 사냥을 해서 레벨을 올리는 게 훨씬 낫다. 아니면 다른 정보를 이용하거나.

둔화의 독과 환각의 독을 파는 건 여기서 끝이겠군. 이제 정보를 팔아야 할 때가 온 건가?

물론 정보 판매는 독이 전부 팔린 이후에 시작할 예정이었다.

['환각의 독(×50)'이 판매됩니다.]

[30골드를 획득합니다.]

['둔화의 독(×100)'이 판매됩니다.]

[60골드를 획득합니다.]

개당 60실버로 낮춘 덕분일까. 물건이 빠르게 팔려 나갔다. 그사이 잡화점에 도착했다.

"어서 오세요."

그곳에서 느림보 물약과 혼란의 눈물을 대량으로 구입했다. 바로 약초집에 들러 몰리, 크레아스, 비르까지 샀다. 덕분에 현재 수중에 남은 돈은 10골드가 전부였다.

후우, 쪽박은 안 나겠지.

생각대로만 진행된다면 반드시 이익을 볼 것이다. 조금 불안하긴 했지만 곧 마음을 먹었다.

그래, 실행하자.

서둘러 로그아웃 한 후 일루전 홈페이지에 접속해서 유료 정보란을 훑었다.

둔화의 독과 환각의 독을 검색을 해봤지만 나오는 건 없었다. 다행스럽게도 아직까지 아무도 배합률과 첨가물에 대해서 올리지 않은 것이다.

한두 개는 있을 줄 알았는데……. 좋아, 이러면 내가 독점할 수 있다.

서둘러 글을 작성했다.

[제목 : 둔화의 독 배합률과 첨가물.]

[내용 : 많은 분이 둔화의 독에 대해 궁금해하고 있기에 제가 힘들게 알아낸 배합률과 첨가물을 밝히도록 하겠습니다. 먼저 둔화의 독에 필요한 물건은…….]

[제목 : 환각의 독 배합률과 첨가물.]

[내용 : 많은 분이 환각의 독에 대해 궁금해하고 있기에 제가 힘들게 알아낸 배합률과 첨가물을 밝히도록 하겠습니다. 먼저 환각의 독에 필요한 물건은……]

이제 올리기만 하면 된다.

게시물 하나에 100원. 이 정보를 열람하기 위해서 유저가 일루전 홈페이지에 그 값을 내야 한다. 들어온 금액의 10퍼센트는 일루전 홈페이지에서 수수료로 떼어가고 50퍼센트는 일루전 기업이 가진다. 그리고 나머지 40퍼센트를 무혁이 갖는 식이었다. 짜다고 볼 수 있지만 일루전을 이용하는 유저의 수가 워낙에 많아서 제대로 된 정보이기만 하면 꽤나 괜찮은 수익을 기대할 수 있었다.

제발 많이 팔려라.

확인을 눌렀다.

띠링.

게시물이 올라갔다.

무혁은 기쿠 마을을 향해 부단히 걸음을 옮겼다.

저 멀리 작은 마을이 보였다.

여기구나.

기쿠 마을은 황량했다. 사람도 거의 없었다. 있는 사람이라고 해봐야 대부분이 NPC였다. 그건 복장만 봐도 알 수 있었다.

지나가는 한 청년에게 다가갔다.

"실례합니다."

"네?"

"촌장님 집이 어딘가요?"

"아, 저기 중앙에 보이는 곳이에요."

"고맙습니다."

한눈에 찾을 수 있었다. 가장 허름한 곳이었으니까.

아무튼 그 허름한 집 앞에 멈췄다.

"실례합니다. 촌장님 계세요?"

"쿨럭, 쿨럭……."

문이 열리면서 촌장의 모습이 드러났다. 기침 소리만큼이나 노쇠한 모습이었다.

"웬 손님이신지……."

"아, 실은 이곳에 시험장이 있다는 이야길 들어서요."

촌장의 표정이 변했다.

"시험장…… 말입니까?"

"네."

"정확한 이름을 말해주실 수 있으신지……."

"그로이언의 시험장을 찾고 있어요."

"아이……."

촌장의 동공이 흔들렸고 이내 눈을 감아버렸다.

"왔군요, 드디어……."

뭐라 대꾸할 말은 아니었기에 가만히 기다렸다.

"아, 제가 안 좋은 모습을 보였군요."

"괜찮아요."

노인이 웃으며 방에서 나왔다.

"이쪽으로 따라오시지요."

"네."

그와 함께 마을을 벗어나 길이 나지 않은 숲길을 거닐었다. 한참을 가자 공터가 나타났다.

"이곳입니다."

"으음."

노인이 공터의 우측 돌 벽으로 향하더니 무언가를 만지기 시작했다. 그러자 중앙 바닥이 내려가면서 계단이 생겼다.

"내려가시면 됩니다."

"고맙습니다."

계단을 내려가는 무혁의 뒷모습을 바라보던 노인이 낮게 읊조렸다.

"부디 이것으로 나의 업보가 끝나기를……."

그리고 다시 돌 벽을 만졌다.

그르릉 소리와 함께 계단이 사라졌다.

한편.

계단 아래로 내려온 무혁의 눈이 커졌다.

"호오……."

사방이 철로 된 벽이었다. 중앙은 연무장처럼 생겼는데 그 가운데에 갑옷을 입은 석상이 세워져 있었다.

걸음을 옮겨 연무장에 발을 올리는 순간 메시지가 떠올랐다.

['그로이언의 시험장'을 발견합니다.]

['시험의 자격'을 확인합니다.]

['그로이언의 반지'가 반응합니다.]

그때 반지에서 빛이 뿜어지며 중앙에 놓인 석상을 감쌌다. 굳어 있던 석상이 눈을 뜬 것은 그 순간이었다.

-그로이언의 유품을 가진 자여.

기묘한 목소리가 울려 퍼진다.

-그대의 자격을 시험하겠다. 받아들이겠는가?

그 물음에 답했다.

"물론."

그러자 이번에는 무혁의 몸에서 빛이 뿜어지더니 석상을 휘감았다.

[당신의 레벨(31)을 확인합니다.]

[석상이 동일한 레벨 수준으로 맞춰집니다.]

[아이템을 사용할 수 없습니다.]

[스킬이 봉인됩니다.]

[아무런 능력이 없는 검과 방패가 주어집니다.]

바로 이것이다. 도전하는 자의 레벨에 수준이 맞춰진다는 점이 그로이언의 시험에 숨은 한 가지 빈틈이었다.

아이템과 스킬을 사용할 수 없는 건 커다란 불이익이 맞다. 하지만 무혁의 스킬은 소환하는 게 전부다.

게다가 아이템이 없어도 순수 스탯이 힘 27, 민첩 12, 체력 13, 지식 14, 지혜 14였다.

제작을 위해 힘 위주로 올리긴 했지만 31레벨이라는 걸 감안한다면 민첩과 체력 역시 결코 낮은 게 아니었다.

지식, 지혜를 제외하고도 총 스탯의 합은 무려 52개. 기본으로 주는 스탯을 각 3개씩을 빼도 43개다.

석상의 수준이 31레벨에 맞춰졌다면 보너스로 받는 스탯이 30개일 터. 기본 스탯이 압도적이지 않는 이상 질 수가 없는 싸움인 것이다.

-증명하라, 그대의 자격을.

석상이 지면을 찼다. 순식간에 석상의 손에 들린 검과 방패가 가까워진다. 민첩은 나보다 높다.

하지만 무혁에겐 높은 힘 스탯이 있었다. 반응은 조금 늦었지만 임시로 얻은 방패로 공격을 막아낸 후 충격이 사라지기 직전, 방패를 강하게 밀어냈다. 석상이 힘에 밀리면서 주춤거렸다.

그 빈틈을 놓치지 않고 검을 앞으로 내뻗어 석상의 다리를 그었다.

카강!

돌이 사방으로 튀었다.

[적의 공격을 방패로 막습니다.]

[피해가 감소합니다.]

[공격을 성공시킵니다.]

[66의 대미지를 입힙니다.]

드디어 대미지가 떠올랐다.

66이면…….

현재 무혁의 힘이 27. 즉, 대미지가 81이라는 소리다. 거기서 15의 대미지가 감소했다. 그 말인즉, 석상의 방어력을 15 정도로 봐도 무방하다는 것이다.

그럼 체력 역시 15겠지.

그 순간 석상이 검을 다시 휘둘러 왔다.

이번엔 방패로 막지 않았다. 둔중한 타격음과 함께 몸이 밀려났다.

[32의 대미지를 입습니다.]

현재 무혁의 체력은 13. 즉, 방어력이 13이라는 소리다.

그런데 32가 들어왔으니 석상의 대미지가 45라는 얘기고 그것은 곧 15라는 힘의 수치로 귀결된다.

힘, 민첩, 체력이 전부 15?

민첩, 체력은 비슷하고 힘은 무혁이 압도적으로 높았기에 최대한 신중하게 싸우면 이길 수밖에 없다. 그렇기에 무혁은 절대 먼저 공격하지 않았다. 무조건 방어한 이후, 틈을 노려 검을 뻗었다.

반복된 행동이 이어졌다. 지루한 싸움이 얼마나 진행되었을까.

그르릉…….

석상의 움직임이 느려졌다.

좋아!

기회를 포착했다. 순간적으로 흥분해서 앞으로 나아갈 뻔했으나 무혁은 이번에도 잘 참아냈다. 혹시 모를 무언가가 있을까 싶어서였다.

그 순간, 거짓말처럼 석상의 몸에서 새하얀 빛이 터져 나왔다.

스킬을 사용할 수 없다고 했으니 스킬은 아니니라. 하지만 분명히 강력한 폭발이었다.

"후우……."

만약 다가갔다면 저 폭발에 휘말려 상당한 피해를 입었으리라.

다행이다…….

안도하며 잠시 기다렸다.

폭발로 인해 떠오른 먼지가 사라지고 만신창이가 되어 있는 석상의 모습이 보였다. 전신이 삐거덕거리는 모양새로 보아하니 이미 전투력은 상실한 상태였다.

그래도 혹시 몰라 가까이 다가가진 않았다. 주변을 살펴보던 무혁은 마땅히 던져 볼 물건을 찾지 못하자 손에 쥐고 있던 검을 바라보며 마음을 먹은 듯 고개를 끄덕였다.

다시 고개를 들어 석상을 바라보면서 자세를 잡았다.

직후, 검을 세게 던졌고 그 검은 석상을 강하게 때렸다.

피석.

석상이 부서졌다.

['그로이언의 시험'을 통과했습니다.]

메시지가 떠올랐다.

"후아."

안도의 한숨과 함께 석상을 향해 다가갔다.

부서진 석상 사이로 무언가가 보였다.

문서?

그것을 집어 드는 순간 손가락에 착용하고 있던 반지가 반응했다.

['그로이언의 반지'와 '비밀의 문서'가 반응합니다.]

[두 아이템에 깃든 봉인의 힘이 사라집니다.]

연이어 울리는 메시지가 무혁의 기분을 상쾌하게 만들어줬다.

시험장에서 나온 무혁은 반지부터 확인했다.

[그로이언의 반지(성장)]

지혜 +7

지식 +3

MP(100)

MP 회복률(20) 상승

내구도 100/100

사용 제한 : 그로이언의 시험을 통과한 자

어마어마한 옵션이었다. 지식과 지혜의 증가, MP의 절대량과 회복률의 상승까지. 그야말로 마법사를 위한 절대적인 반지였다.

하지만 이게 전부가 아니다. 그로이언의 물품을 하나씩 더 맞출 때마다 반지의 옵션 역시 조금씩 더 좋아질 것이다. 거기에 세트 옵션까지 추가로 붙으니 그야말로 최고의 아이템이라 할 수 있으리라.

그로이언의 물품을 전부 모으기만 해도…….

절로 침이 넘어갔다.

꿀꺽.

욕망으로 이글거리는 시선으로 문서를 확인했다.

[비밀의 문서]

그로이언의 유품이 숨겨진 장소로 추정된다.

설명은 짧았고 그림은 난해했다.

여기가 어디야……?

문서를 이리저리 돌려봤다. 하지만 문서에 나온 그림만으로 위치를 추정하기에는 무리가 있었다. 한참을 고민하다가 결국 고개를 저었다.

전혀 알 수가 없네.

문득 한 사람이 떠올랐다.

도서관 사서라면…….

일단은 그 사람을 만나보기로 했다. 그로이언의 유품을 알고 있던 사람이니 분명 어떻게든 도움이 되리라.

생각과 함께 걸음을 서둘렀다.

위브라 제국의 도서관.

무혁이 건넨 지도를 바라보던 사서가 고개를 저었다.

"난해하군요."

"그럼……."

"아직은 잘 모르겠네요."

"아……."

설마 사서도 모를 줄이야.

"일단 좀 더 알아보도록 하죠."

"감사합니다."

"살펴봐야 할 게 많을 것 같으니 나중에 들러주세요."

"네, 그럼 시간 될 때 찾아뵐게요."

무혁은 별다른 소득 없이 도서관에서 나왔다.

흐음…….

아무래도 그로이언의 다른 유품을 찾는 것은 조금 미뤄야 할 것 같았다. 그래도 일단 반지 하나를 얻었으니 큰 이득이다.

지금부터는 기존의 계획대로 다시 사냥에 열중해서 레벨 50을 만드는 게 나을 것 같았다.

현재 레벨 31.

검뼈 여섯에 활뼈 셋.

둔화의 독과 환각의 독.

그리고…….

새롭게 제조할 약화의 마비와 출혈의 눈물까지 더한다면?

몬스터 몇 마리가 떠오른다. 레벨 40 오우거, 레벨 39 자이언트 리자드맨, 레벨 37 진흙 골렘, 레벨 35…….

고개를 저었다. 레벨 35는 얻는 경험치가 너무 적다. 그럼 결국 위의 세 마리에서 선택해야 하는데 진흙 골렘은 핵을 찾는 게 귀찮고 자이언트 리자드맨은 무리를 지어 다니기에 까다롭다. 결국 남는 것은 오우거뿐이었다.

오우거, 오우거라…….

거대한 키에 강력한 파괴력을 자랑하는 무시무시한 몬스터이지만 충분히 승산이 있었다.

무혁의 눈이 번뜩였다.

재밌겠는데.

고민은 짧았고 행동은 빨랐다.

서둘러 재료를 구입한 후 연금술사 길드에서 방 하나를 대여했다. 그곳에서 둔화의 독과 환각의 독, 약화의 마비와 출혈의 눈물을 200개씩 제조했다.

이 정도라면 적어도 1주일은 사용할 수 있으리라. 그동안 최대한 레벨을 높일 작정이었다.

곧바로 위브라 제국 워프게이트를 이용해 알랭 마을로 이동해 북쪽으로 올라갔다.

저 멀리, 거대한 산이 보인다.

"……."

저 안에 오우거가 도사리고 있다.

처음에는 조회 수가 낮았다. 그러다 누군가가 자랑을 하면서 다른 유저들의 호기심을 자극했다.

[제목 : 지금 둔화랑 환각의 독으로 상당한 수익 중!]

[내용 : 얼마 전에 일루전 시작해서 현질로 금화를 꽤 샀거든요. 근데 아이템을 맞추기에는 레벨도 낮고 해서 괜찮은 게 없나 살펴보는데 마침 둔화의 독이랑 환각의 독이 보이네? 그래서 정보를 구입했더니, 오오! 이럴 수가. 상당한 수익이 이어지고 있다는 거! 만드는 족족 팔려 버리니 재미도 쏠쏠하고…….]

ㄴ유인 : 뭐야, 정보라니?
ㄴ알케미스트 : 정보 게시판 말하는 건가?
ㄴ일억 : 어? 정보 게시판에 배합률이랑 첨가물 다 있잖아?

그게 시발점이었다. 무혁이 올렸던 정보를 유저들이 구입하기 시작한 것이다. 길드는 무조건이었다.

"내가 사서 공유할게."

"그럴래?"

"대신 던전에서 나오는 아이템, 첫 소유권은 나야."

"물론이지."

파티를 이루는 유저들, 친구들과 함께 하는 이들, 가족과 즐기는 자들. 모두 구입을 망설이지 않았다. 단돈 100원, 아주 적은 돈이었으니까.

"야, 서둘러. 빨리 제조해서 사냥해야지."

"오케이!"

정보를 구입한 이들은 곧바로 일루전에 접속해 서둘러 잡화점과 약초집에 들러 재료를 구입하려 했으나 시세가 너무 뛰어버린 상태였다.

"에에? 비르 한 묶음이 5골드라고요?"

"물량이 너무 없어서……."

"원래는 얼마였는데요?"

"2주 전만 해도 한 묶음에 50실버였지."

무려 10배로 뛰었다.

"이런, 미친……."

그때였다.

"어, 야."

"왜?"

"경매장에 비르랑 크레아스, 몰리 전부 다 있는데?"

"얼만데?"

"한 묶음에 4골드야."

"그래?"

"차라리 경매장에서 사자."

"하아, 별수 없지. 젠장……."

정보를 샀는데 사용하지 않으면 돈만 날리는 꼴이 된다.

결국 울며 겨자 먹기로 경매장에 올라온 비르와 크레아스, 몰리를 한 묶음씩 샀다.

"느림보 물약이랑 혼란의 눈물도 경매장이 더 싸."

"그것도 사자."

"괜찮겠어?"

"한 묶음이면 수량이 꽤 되니까 괜찮아."

그렇게 유저들은 무혁이 올린 물건들을 빠르게 구입해 가고 있었다.

오우거의 숲에 첫 발을 내디뎠을 때.

['비르'가 판매되었습니다.]
['크레아스'가 판매되었습니다.]
['몰리'가 판매되었습니다.]
['느림보 물약'이 판매되었습니다.]
['혼란의 눈물'이 판매되었습니다.]

메시지가 연이어 떠올랐다.

벌써 팔리나?

무혁은 흐뭇하게 웃었다. 골드가 빠르게 쌓이고 있었기 때문이다.

이제 혼란의 독과 둔화의 독으로 볼 수 있는 이득은 전부 봤다. 한 달이 지나면 정보 게시판에서 얻은 수입이 통장에 들어올 것이고.

상쾌한 기분으로 메시지를 껐다.

오프.

한동안 계속 떠오를 테니 아예 꺼버렸다.

이제 오우거에 집중할 차례다. 생각보다 유저가 꽤 많아서 놀고 있는 오우거를 발견하는 건 쉽지 않았다. 하지만 초보 사냥터만큼은 아니다. 레벨 40대 유저들의 사냥터이기에 상위권이라 할 수 있고 그런 만큼 확실히 이곳은 여유로웠다. 깊숙이 들어가면 자리는 반드시 있을 것이다.

저벅.

10분가량을 더 걸어 들어갔다.

이제야 여유가 있네.

저 멀리 놀고 있는 오우거가 보였다.

크르르르…….

한눈에 봐도 포악해 보였다.

엄청나게 큰데?

숫자로 예상하는 것과 직접 보는 건 확실히 달랐다. 5미터에 달한다는 건 알았지만 실제로 보니 예상치를 훨씬 웃돌았다.

305㎝의 농구 골대를 볼 때도 고개를 한참이나 올려서 봐야 한다. 키 큰 사람이 전력을 다해 점프해도 쉽게 닿을 수 없는 높이다. 그럼 5미터는 어느 정도일까.

그런 몬스터가 눈앞에 있다. 압도적이라는 단어만으로는 설명할 수 없는 수준인 것이다.

하지만 그럼에도 불구하고 무혁은 두려움보다는 흥분을 느꼈다.

그래, 게임이니까. 실제가 아니니까, 죽어도 죽지 않으니까. 그렇기에 이 흥분을, 심장의 고동을 즐길 수 있었다.

"소환."

검뼈와 활뼈들을 소환했다.

인벤토리에서 둔화의 독, 출혈의 눈물을 꺼내어 검뼈의 무기에 묻혔다. 약화의 마비와 환각의 독은 활뼈의 갈비뼈에 문질렀다.

활뼈, 공격 준비.

활뼈들이 갈비뼈를 뽑아 시위에 걸었다.

활뼈, 공격.

뼈 화살이 날아가 오우거의 거대한 몸에 박혔다.

오우거가 포효를 하면서 몸에 힘을 주니 근육이 꿈틀거리면서 박혀 있던 뼈 화살이 밀려 나왔다.

무슨 저런…….

하지만 이미 약화의 마비와 환각의 독이 적용된 상태다. 오우거의 신체 능력이 약 5퍼센트 하락했고 덕분에 환각의 독이 조금 더 빨리 퍼졌다.

놈의 동공이 흐릿해지더니 힘을 잃어갔다. 빠르게 움직이던 행동도 굼떠진다. 이윽고 놈이 자리에 그대로 멈췄다. 환각에 완벽하게 걸렸다. 오우거는 멍하니 허공만 응시했다.

검뼈, 앞으로.

무혁은 검뼈들과 함께 오우거에게 다가갔다. 검뼈들이 놈의 지척에서 무차별적으로 공격했다. 무혁 역시 손에 들린 스컬 지팡이를 무식하게 휘둘렀다.

그럼에도 불구하고 오우거는 반응이 없었다.

그렇게 얼마나 때렸을까. 오우거의 몸이 움찔거렸다. 이제야 총 HP 중 10퍼센트를 뺀 것이다.

검뼈, 뒤로.

활뼈, 공격.

무혁 역시 뒤로 물러났다.

그 순간, 뼈 화살이 오우거의 가슴에 박혔다.

크워어어어!

정신을 차린 오우거는 크게 포효했다. 그러곤 눈앞에 있는 무혁을 바라보며 지면을 거칠게 찼다.

하지만 오우거는 이미 둔화의 독에 걸린 상태였기에 움직임을 충분히 읽어낼 수 있었다. 옆으로 몸을 날려 떨어지는 몽둥이를 피했으나 오우거는 포기하지 않고 재차 쫓아왔다.

별수 없이 검뼈들에게 공격을 명령했다.

키릭, 키리릭!

검뼈들이 지척에서 검을 휘두른 탓일까. 오우거의 표적이 바뀌었다.

무혁은 여유를 찾았지만 몽둥이질 한 번에 부들거리며 떨고 있는 검뼈1의 모습을 확인하고 미간을 찌푸릴 수밖에 없었다.

강하긴 하네.

또다시 내려쳐지는 몽둥이.

후우웅.

바람마저 갈라 버릴 작정일까. 강풍과 함께 떨어진 몽둥이가 다시 검뼈1의 방패를 가격했다.

키리릭……!

검뼈1의 상태가 애처롭다.

소환수 창.

소환수들의 상태가 한눈에 들어왔다.

으음.

단 세 번의 공격이었다. 정확하게 명중한 것도 아니고 방패로 방어까지 했다. 그런데 남은 HP가 300?

무혁의 미간이 찌푸려지는 그 순간.

[스켈레톤 마스터리 스킬의 레벨이 상승합니다.]

공격력과 방어력을 올려주는 마스터리의 레벨이 상승했다. 작은 차이겠지만 도움은 되겠지.

활뼈, 연사.

뼈 화살이 허공을 가르고 곧바로 오우거의 몸에 박혔다. 놈의 상태는 더욱 안 좋아졌다. 환각의 독으로 멍하니 있을 때 줬던 피해를 출혈의 눈물이 부추겼다. 거기에 독의 지속적인 대미지로 지금도 HP가 줄고 있다.

콰앙!

물론 오우거의 공격력이 떨어지진 않았다. 그 탓에 무혁은 검뼈들을 번갈아 가면서 앞뒤로 밀어내고 절대로 제대로 된 공격에 적중당하지 않도록 신경 쓰고 있었다.

스윽.

동시에 오우거에게 다가갔다. 머리로 명령하고 몸은 움직인다. 꽤나 힘들었지만 집중했다.

조금만 더.

오우거와의 거리가 좁혀졌을 때.

후웅.

순간적으로 명령을 내리는 게 늦었다.

퍼석.

소리와 함께 검뼈1이 역소환되었다.

아, 이런!

이렇게 된 이상 제대로 된 공격을 성공시켜야 했다.

무혁은 소환수 명령에 대한 생각을 지워 버리고 오직 오우거에게만 집중했다. 손에 든 스컬 지팡이로 놈의 오금을 강타했다. 상당한 대미지가 들어가면서 오우거가 한쪽 무릎을 꿇었다.

크워어!

곧이어 반대쪽 오금도 강타해 양쪽 무릎을 꿇게 만들었다. 덕분에 놈의 얼굴이 낮아졌다.

딸칵.

점프하면서 지팡이에 달린 해골 머리를 눌러 날을 튀어나오게 만든 후 놈의 눈을 노렸다. 하지만 오우거가 손등으로 막아버리는 바람에 성공시키지 못했다.

크워어어어!

곧이어 오우거가 몽둥이를 사방으로 휘둘러 별수 없이 뒤로 물러나야만 했다.

무식하네.

놈의 발광으로 인해 검뼈3과 4까지 역소환되었다.

생각보다 저항이 거센데.

서둘러 검뼈를 물렸다.

조금만 더. 놈은 분명히 지친 상태다. 밀어붙이자.

그렇게 생각하며 다시 공격에 박차를 가했다.

카강! 캉!

몇 번 물고 물리는 접전을 펼쳤으나 시간이 흐를수록 검뼈의 수만 줄어들었다.

결국 모든 검뼈가 역소환되고 뒤쪽에 자리를 잡은 활뼈까지 공격을 당했다. 활뼈는 체력이 검뼈보다 낮은 까닭에 순식간에 역소환되고 말았다.

남은 것은 무혁뿐. 바닥을 구르며 오우거의 공격을 피하고 지팡이를 휘둘러 타격을 주는 치열한 전투가 계속됐다.

시간의 흐름마저 잊었을 즈음.

"허억, 허억……."

뒤늦게 정신을 차리고 보니 오우거가 쓰러지기 직전이었다. 무혁은 서둘러 뒤로 물러났다.

변형…….

화살을 꺼내어 시위에 걸었다. 제대로 된 조준 없이 계속해서 화살만 날려댔다. 그러면서 놈이 다가오지 못하게 계속 거리를 뒀다. 놈이 지친 덕분에 가능한 전법이었다.

결국 몇 대의 화살이 오우거의 몸에 꽂혔고 무혁의 괴랄한 대미지가 고스란히 들어갔다.

크, 크으으…….

기이한 소리와 함께 놈이 쓰러졌다.

[경험치가 상승합니다.]

오우거를 사냥하는 데 성공했음에도 무혁의 표정은 심각하게 굳은 상태였다.

하아……. 뭐가 문제지?

이 상태라면 지속적인 사냥은 불가능했다.

고개를 저었다. 일단은 힘겹게 잡은 오우거의 사체를 분해하는 것이 먼저였다. 문제가 되는 부분은 이후에 생각해도 될 테니까.

"사체 분해."

오우거의 사체를 분해하자.

[오우거의 뼈(×2)를 획득합니다.]

놈의 뼈만 2개가 나왔다.

[오우거의 뼈]

특성 : 힘, 체력

특성도 좋았다.

무혁은 그 자리에서 바로 검뼈5의 뼈를 교체해 버렸다.

[검뼈5의 체력이 줄어듭니다.]

[손재주의 영향을 받아 0.07의 하락이 이뤄집니다.]

[검뼈5의 체력이 상승합니다.]

[손재주의 영향을 받아 0.22의 상승이 이뤄집니다.]

상승의 폭이 컸다. 남은 두 개도 그 자리에서 사용했다. 덕분에 체력은 0.3의 상승을, 힘은 0.15의 상승을 이뤄냈다.

물론 소수점이 부족해서 아직 실제적으로 수치가 오른 것은 아니지만 오우거를 사냥하면서 나오는 뼈를 계속 교체한다면 소환수의 스탯도 상당 부분 올릴 수 있을 것 같았다.

하지만 문제는 사냥이 너무 힘들다는 것. 멈췄던 생각을 이어갔다.

문제가 뭘까.

무혁은 하나씩 정보를 확인해 나갔다.

"흐음……."

그러다 깨달았다.

아, 대미지.

스켈레톤의 대미지가 너무 낮다는 사실을 말이다. 한참을 고민했다.

"하아."

깊은 한숨과 함께 경매 시스템을 오픈했다. 소환수가 사용할 높은 공격력의 무기를 찾기 위해서.

무혁은 80골드 아래의 무기는 거들떠 보지도 않았다. 적어도 130골드 이상, 그 정도는 되어야 효과가 느껴지리라고 생각했기 때문이다.

인벤토리를 확인하니 둔화의 독과 환각의 독의 재료가 팔려 골드가 꽤 쌓인 상태였다. 돈은 충분했다.

그래, 투자하자.

가격대를 조금 더 높이기로 했다. 그제야 마음에 드는 무기가 눈에 들어오기 시작했다.

오, 이거 좋은데.

[알렉스의 장검]

공격력 47

힘 +2

내구도 140/140
사용 제한 : 체력 20
[즉시 판매 가격 : 145골드]

사용 제한에 체력이 붙었다. 대신 옵션으로 힘이 2가 붙은 상태였고 공격력은 무려 47이었다. 현재 검뻐1이 사용하고 있는 황혼의 장검보다 훨씬 좋았다.

무혁은 가격을 잠시 바라보다 한숨과 함께 구매 버튼을 눌렀다.

[구매하시겠습니까?]
[Yes/No]

예스를 누르자 돈이 빠져나가면서 알렉스의 장검이 인벤토리에 들어왔다.

다시 경매장의 검을 뒤적거렸다.

5개는 더 사야 하니…….

약 2시간을 투자해서 검 다섯 자루를 더 구입했다. 사용한 골드만 1천이었다.

하루, 아니, 두 시간 만에 천만 원을 쓰다니…….

무혁은 새삼 놀랐다.

그래도 내가 이 정도로 성장했다는 소리니까 나쁜 것만은 아닌가.

물론 손해를 볼 생각은 없었다. 무기를 새롭게 구입한 만큼 반드시 본을 뽑으리라 다짐했다.

"스켈레톤 소환."

소환수를 불러 구입한 무기를 쥐어주고 기존에 사용하던 것들은 회수한 후 경매장에 올렸다. 나름 괜찮은 수준의 무기들이니 전부 판매하면 200골드 이상은 나오리라.

정리를 마치고 몸을 일으켰다.

자, 다시 싸워보자.

놀고 있는 오우거 한 마리를 뺴 화살을 날려 유인했다.

크워어어어!

똑같은 방법으로 놈을 노렸다. 오우거의 움직임이 둔화되고 피해가 누적된다.

확실히 달라.

무혁의 입가로 여유로운 미소가 흐른다.

무기만 바꿨을 뿐인데 차이가 현격했다. 훨씬 더 수월하게 느껴졌다. 그리고 결과 역시 판이하게 달랐다. 활뼈는 모두 살아남았고 검뼈도 한 마리가 살아남은 상태로 오우거를 처리한 것이다.

좋았어!

역시 돈의 힘은 위대했다.

"사체 분해."

이번에는 오우거의 뼈가 하나 나왔다.

"뼈 조립."

문제는 뼈 조립이 실패하면서 스탯이 하락했다는 것. 무혁의 미간이 찌푸려졌다. 다시 오우거를 잡았지만 이번에도 뼈가 하나밖에 나오지 않았고 뼈 조립 역시 실패하고 말았다.

젠장, MP도 바닥이네.

별수 없이 휴식을 취하기 위해 오우거가 리젠되지 않는 곳에 자리를 잡고 앉았다. 물론 그냥 있지는 않았다.

만회해야지!

인벤토리에서 1회용 제작 도구를 꺼내 검 한 자루를 만들기 시작했다.

카앙, 카앙!

유저들의 시선이 느껴졌으나 무시했다.

[검이 완성됩니다.]

보통 수준의 검이었다.

쩝, 5골드 정도인가.

1회용 제작 도구의 값을 생각하면 이익이 거의 없다고 봐도 무방했다. 그래도 인벤토리에 박아두는 것보다는 판매하는 게 나으니 경매장에 올려놓은 후 몸을 일으켰다.

MP도 다 찼고…….

다시 사냥에 나서는 무혁이었다.

가디언 길드원 아크란은 30레벨 던전에서 책임자가 되어 나머지 길드원을 이끌었다. 그리고 마침내 미로식 던전의 끝에 도달한 그는 이미 축배를 든 승자의 표정이었다.

"모두 고생했어."

가디언 길드의 많은 부분을 고려하여 현재 30레벨의 유망주 150명이 던전에 들어온 상태다. 레벨에 비해 실력이 뛰어난 자들로서 이들의 성장이 곧 길드의 성장이라 봐도 과언이 아니었다.

"고생은 무슨."

"네가 더 고생했지."

서로를 칭찬하는 말이 오가는 그곳은 웃음으로 가득했다. 즐거운 분위기 속에서 아크란이 걸음을 내디뎠다.

"자, 그럼 이제 정말 끝내야지."

"그러자."

저 멀리 던전의 출구가 보인다. 거리가 가까워진다. 어느 지점이었을까, 출구에서 빛이 뿜어지더니 그들을 모두 휘감았다.

[던전을 클리어합니다.]

[보상이 주어집니다.]

각자의 앞으로 구체가 떨어졌다.

"오오……."

"이게 보상인가?"

그런데 의문의 목소리가 곳곳에서 터졌다.

"난 없는데?"

"어, 나도."

"뭐야, 이거?"

그에 아크란이 고개를 돌렸다. 손에 하얀 구체를 들고서.

"무슨 일……."

그 순간 떠오른 메시지.

[보상 인원이 초과되었습니다.]

[각자의 공헌도를 계산합니다.]

[공헌도가 높은 99명에게만 보상이 주어집니다.]

[던전이 사라집니다.]

다시 눈을 뜨니 보이는 것은 정자 주변이었다.

"길드장님?"

던전 밖에서 대기하던 길드장의 모습을 보며 아크란은 당황한 표정을 감추지 못했다.

"왜 그러지?"

"그, 그게……."

아크란의 설명이 이어지고 그의 말을 들은 길드장 김바다의 표정이 빠르게 굳었다. 그러더니 서둘러 30레벨의 길드원 한 명을 던전으로 보냈다.

"던전이…… 없습니다."

"이런 개 같은……!"

이 분노를 무엇에 풀어야 하나. 첫 번째로 던전을 이용했던 그 유저에게? 아니면 던전 그 자체에? 그 무엇도 아니다. 100명의 제한이 있음을 알지 못했던, 그리고 짐작조차 못했던 스스로에게 화가 났다.

하지만 이 분노를 계속 머무르게 둘 순 없었다. 애써 분노의 열기를 집어삼키고 냉정을 되찾았다.

"후우……."

눈을 잠시 감았다가 뜬 김바다. 이미 그의 눈동자는 차갑게 가라앉은 상태였다.

"던전 발굴 상황은?"

"오늘 한 곳을 더 발견했습니다."

그나마 다행이었다.

"아무도 들어가지 못하게 해라. 우리 길드원이라고 하더라도."

"알겠습니다."

"그리고 던전 발굴에 인원을 더 투입한다."

"얼마나 투입할까요?"

"지금의 다섯 배로."

던전이 사라진다는 걸 알게 된 이상 중요한 건 관리가 아니었다. 발견 그 자체가 되어버린 것이다.

"마지막으로 하나 더."

"예, 길드장님."

"다른 길드가 관리하고 있는 던전 위치도 파악해 둬."

"아, 알겠습니다."

발견보다 더 쉬운 게 있다.

남의 것을 빼앗는 거다.

오우거를 사냥하고 휴식을 취하면서 간간이 메시지를 확인했다. 둔화의 독과 환각의 독을 제조하는 재료가 모두 팔린 상태였다.

2,200골드. 검을 사는 데 1천 골드를 썼음에도 벌써 그 정도나 모였다.

일루전 주식이나 구입할까?

현재 일루전 주식은 1주당 260만 원대다. 하지만 무혁이 기억하는 미래의 주가는 분명 1,000만 원이 넘었었다. 주식을 사 놓고 인내할 줄만 안다면 반드시 4배 이상의 수익률을 올리게 된다.

그래, 나중에 현금으로 환전하게 되면 반년 생활비를 제하고 남는 금액으로만 사자.

계획을 세우고 있자니 문득 유료 정보의 수익은 얼마나 들어올지 궁금해졌다. 하지만 한 달에 한 번씩 정산되기 때문에 아직 한참이나 남은 상태였다.

뭐, 집중하다 보면 금방이지.

웃으며 몸을 일으켰다. 다시 오우거를 사냥할 시간이었다.

저벅.

저 멀리 놀고 있는 오우거에게 다가갔다. 그런데 하필이면 파티로 보이는 다른 유저들이 뒤늦게 무혁이 노린 오우거에게 접근하는 상태였다. 애매한 위치에서 서로를 확인한 상태였기에 무혁은 잠시 멈췄다.

다른 녀석을 찾아야 하나.

무혁은 본인이 먼저 출발한 게 확실함에도 양보할 생각을 했다. 부딪쳐 봤자 귀찮아질 테니까.

그런데 저들은 무혁을 발견하고서도 머뭇거리는 기색조차 없이 오우거에게 다가서고 있었다. 그 모습에 괜히 미간이 찌푸려졌다.

애초에 신경도 안 썼다 그건가?

무혁은 피식 웃었다. 그리고 이내 미소를 지우며 다시 걸음을 내디뎠다. 거리가 좁혀졌을 무렵.

"저 사람 사냥할 모양인데?"

"뭔 소리야, 우리가 먼저 발견했는데."

"야, 그건 아니지. 저 사람이 먼저……."

"야, 야. 우리가 먼저 계속 보고 있었잖아."

"보고 있긴 했지."

"맞아, 앉아서 편안하게. 그치?"

"에휴, 네 마음대로 해라."

상대 파티는 다섯. 여자 둘, 남자 셋.

사내 두 명은 근접, 한 명은 궁수. 여자 한 명은 마법사, 나머지 한 명은 사제. 파티의 구성을 단번에 파악했다.

"저기요, 저 오우거 잡으려고요?"

근접으로 추정되는 유저가 무혁에게 물었다.

"네."

"하하, 저희가 먼저 발견한 것 같은데요."

"출발도 제가 먼저, 도착도 제가 먼저 했습니다."

"허어, 너무 막무가내이시네. 우리가 분명 먼저 보고 출발할 때만 해도 그쪽은 보이지도 않았거든요?"

"분명히 제가 먼저……."

"아니, 우리가 먼저 봤다니까요."

"……."

"왜요? 뭐 문제라도 있어요?"

되묻는 사내의 입꼬리가 말려 올라갔다. 마치 참을 수 없이 재밌는 장난감을 보기라도 한 것처럼.

순간 속이 뒤틀렸다. 왜 그런 걸까? 예전 성격이었다면 그냥 웃어넘겼으리라. 더러워서 피하는 것이라 스스로를 위로하며 고개를 끄덕였겠지. 지금은 그러고 싶지 않았다.

변한 건가? 7년이 넘도록 전신마비로 지냈기에? 새로운 삶을 얻어서? 그도 아니라면 게임이기 때문에?

이유는 모르겠다. 그런데, 견딜 수가 없었다. 그래서 내뱉고야 말았다.

"꺼져, 병신아."

속에 있는 말을 말이다.

이런 적은 처음이었다. 그런데 내뱉고 보니 속이 너무나 후련했다. 반면 무혁의 욕설을 들은 유저는 몇 초간 멍하니 있다가 버럭 고함을 내질렀다.

"이런 미친 새끼가!"

뒤이어 검을 뽑더니 지면을 차면서 거리를 좁혀왔다. 그의 움직임은 아슬아슬하지만 분명히 캐치할 수 있는 수준이었다.

하지만 무혁은 일부러 피하지 않았다. 다만 스컬 지팡이를 세워 사내의 검을 막아낼 뿐이었다.

[공격을 방어했습니다.]

['아싸' 파티와 적대 관계에 놓입니다.]

['아싸' 파티에 한해 정당방위가 성립됩니다.]

메시지가 떠올랐다.

자, 이제…….

앞으로 무혁의 공격은 정당방위가 된다.

손에 들린 스컬 지팡이를 힘껏 휘둘러 사내의 옆구리를 때렸다. 무혁의 공격을 맞고 바닥을 구른 사내가 빠져 버린 HP를 확인하더니 미간을 찌푸렸다.

"이 새끼……."

"야, 괜찮아?"

"됐고, 대미지가 꽤 있어. 전투준비나 해."

"아, 그래."

그사이 무혁은 이미 스켈레톤을 소환한 상태였다.

"뭐야, 스켈레톤?"

"풋, 저딴 허약한 놈들로 뭘 어쩌겠다고."

아싸 파티원의 말은 무시했다.

슥, 스슥.

검뼈와 활뼈의 무기에 둔화의 독, 환각의 독, 약화의 마비와 출혈의 눈물까지 모두 발랐다.

그 모습을 지켜보던 아싸 파티가 어이없는 표정을 지었다.

"저 녀석 뭐 하는 거야?"

"화살이나 날려 버려."

"오케이."

궁수 한 명이 화살을 쏘았다. 하지만 이미 준비를 마친 무혁이었기에 당황하지 않고 검뼈1을 보내 방패로 막아냈다.

활뼈1, 후방 사격.

뼈 화살이 사제와 마법사에게 날아갔다.

"실드."

마법사의 보호 마법이 펼쳐졌다. 하지만 범위가 좁아 한 몸 지키기에도 버거워 보였다. 덕분에 사제는 무방비 상태에서 어깨 한쪽에 화살을 맞고 말았다.

화살 한 발쯤은 괜찮을 것이라 대수롭지 않게 여기던 사제의 표정이 순간적으로 굳어졌다.

[62의 피해를 입습니다.]

['출혈의 눈물'이 적용됩니다.]

[지속적으로 HP가 하락합니다.]

[HP(12)가 하락합니다.]

[HP(13)가 하락합니다.]

[HP(11)가 하락합니다.]

서둘러 힐링 마법을 사용했다.

[HP가 회복됩니다.]
[HP(12)가 하락합니다.]
[HP(11)가 하락합니다.]

하지만 여전히 출혈은 멈추지 않았다.
"이, 이게 뭐야!"
"왜 그래?"
그 순간 또다시 날아든 화살. 사제는 다급히 몸을 굴렸으나 연이은 화살에 또다시 명중당하고야 말았다.

['환각의 독'이 적용됩니다.]
[환각은 유저에게 적용되지 않습니다.]
[지속적인 피해를 입습니다.]

독과 출혈로 인한 지속적인 HP의 하락. 순식간에 HP가 20퍼센트 이상 소모되었다.
"히, 힐링!"
스스로에게 계속해서 치유 마법을 사용해야만 하는 상황이 된 것이다. 이렇게 되면 MP가 부족해진다. 앞에서 전투하는 다른 동료에게 힐링 마법을 사용하지 못하게 될 수도 있었다.
사제는 다급히 외쳤다.
"화살에 독이 묻어 있어!"

"젠장, 내가 일단 막을 테니까 너희 셋이나 정리해."

"알았어."

결국 방패를 든 사내가 사제에게 달려갔다. 날아드는 뼈 화살을 그가 막아줬다.

목표물 변경.

무혁은 그제야 목표물을 바꿨다. 정면에서 검뼈와 대치 중인 사내를 노린 것이다.

변형.

무혁 역시 지팡이를 활로 변형했다. 시위에 화살을 걸고 당겼다. 화살 한 대가 쏘아졌으나 그 순간 옆에서 날아드는 화끈한 열기를 느꼈다.

고개를 돌렸다.

파이어 볼……!

무혁은 서둘러 방패를 꺼냈다.

콰앙!

폭발로 인해 대미지를 입었지만 심하진 않았다.

유저가 많으니 번거로운데…….

피어오르는 먼지 속에서 무혁은 생각을 정리했다.

활뼈1로 사제와 방패를 든 녀석을 묶어두자. 활뼈2로 마법사를 묶어두고 활뼈3은 궁수를 견제하도록 해야지. 검뼈 여섯 마리로는 앞에 있는 사내를 노리면 되겠고…….

마지막으로 무혁 본인은 자유롭게 돌아다니며 적대 관계의 파티를 분해시킬 참이었다.

마침 먼지가 가라앉았다. 몸을 일으키며 명령을 내렸다.

생각대로 상황이 흘러갔다.

가장 힘에 부친 자는 제일 처음 무혁에게 시비를 걸었던 사내였다. 무려 검뼈 여섯 마리의 협공에 혼란스러운 모습이었다.

"미, 미친!"

무혁의 스켈레톤을 보고 비웃으며 무시하던 그였다. 그런데 대미지는 전혀 무시하지 못할 수준이니 놀라는 게 당연했다.

"젠장! 왜 아무도 안 와! 그리고 민서! 힐 달라고!"

그 모습을 보며 무혁은 웃었다. 아홉 마리의 스켈레톤. 무혁의 사기적인 스탯 30퍼센트를 얻은 이상 결코 약하지 않다.

검뼈1의 경우 힘과 민첩에는 크게 투자를 하지 않았다. HP를 높이기 위해 최대한 체력에 몰두했다. 그럼에도 불구하고 힘과 민첩 모두 15가 넘은 상태였다. HP는 700을 가볍게 넘었고 순수 대미지만 50에 가까웠다. 여기에 오늘 새롭게 구입한 검으로 인해 대미지는 100에 도달한 상태다.

물론 검뼈3, 4, 5, 6은 그보다 약하지만 그래도 85 이상의 대미지는 지니고 있었다.

그런 녀석이 사방에서 공격을 해오니 아무리 레벨 40에 달한 유저라 하더라도 결코 무시할 수 없었다. 방어력을 감안한다고 하더라도 한 번의 공격에 최소 60 이상의 HP가 빠지고 있었으니까.

그뿐인가.

스윽.

조심스레 접근한 무혁의 공격까지 허용한다면.

[크리티컬이 터집니다.]

[256의 대미지를 입힙니다.]

순식간에 250이 넘는 HP가 빠지게 된다.

"힐, 힐!"

사내가 급하게 외쳤다.

활뼈1, 2, 3, 연사.

무혁은 사제를 바라보며 명령을 내렸다. 활뼈 세 마리가 사제를 향해 화살을 무차별적으로 쏘아댔다.

앞에서 사내 한 명이 방패로 막고 있지만 무수한 화살을 전부 막아낼 수는 없었다. 결국 사제의 신체에 뼈 화살이 박혔고 그 탓에 치유 마법이 취소되었다.

"힐 달라고, 시발!"

무혁은 웃으며 욕하는 사내의 뒤를 점했다.

스컬 지팡이를 내뻗었다.

푸욱.

검날이 꽂히며 다시 크리티컬이 터졌다.

"이, 미친……!"

그것으로 끝이었다. 사내는 회색빛으로 변하며 사라졌다.

그가 사라진 자리.

스윽.

떨어진 물건을 집어 든 무혁이 희미하게 웃었다.

아이템이라.

운이 좋았다. PK를 먼저 건 상대가 죽을 경우 50퍼센트의 확률로 인벤토리나 착용하고 있는 아이템 중에 하나를 떨어뜨리게 된다. 쓸모없는 게 떨어질 경우가 많은데 사내는 한눈에 봐도 꽤 값이 나갈 것 같은 목걸이를 떨어뜨린 것이다.

확인은 나중에.

인벤토리에 넣은 후 몸을 돌렸다.

후우웅.

잠깐 사이 캐스팅을 마친 마법사의 불 화살이 날아들고 있었다.

이런…….

피할 틈이 없었다.

콰앙!

그대로 불 화살에 직격 당했다.

[HP(120)가 하락합니다.]

파이어 볼보다 위력이 약한 덕분에 부담은 되지 않았다. 아무래도 활뼈가 계속 견제를 하다 보니 캐스팅 시간이 짧은 마법으로 바꿀 수밖에 없었으리라. 그만큼 위력은 낮아졌을 테고. 이 정도라면 큰 위협은 되지 않는다. 그렇다고 무시하기에도 애매했다.

그때 한 명을 죽인 덕분에 여유로워진 검뼈들이 눈에 들어왔다. 무혁은 놈들을 나눠서 보내기로 결정을 내렸다.

활뼈1, 연사.

검뼈1, 2는 앞으로.

검뼈3, 4는 오른쪽으로.

검뼈5, 6은 왼쪽.

활뼈1와 검뼈1, 2는 궁수를, 활뼈2와 검뼈3, 4는 마법사를, 활뼈3와 검뼈5, 6은 사제를 전담하기 시작한 것이다.

무혁 또한 그 사이사이로 파고들면서 큰 피해를 입혔다. 그렇게 되니 적대 파티는 시간이 지날수록 불리해져만 갔고 결국 버티지 못한 채 한 명씩 목숨을 잃어갔다.

"크윽, 젠장……!"

"다음에는……."

무혁은 그들의 마지막 말을 무시한 채 떨어뜨린 물건을 주웠다. 획득한 아이템은 총 3개.

그 자리에서 바로 정보를 확인했다.

[재빠른 목걸이]

이동속도 +2%

공격 속도 +2%

사용 제한 : 민첩 15

내구도 70/85

[흐름의 팔찌]

마법 공격력 15

캐스팅 속도 +1%

사용 제한 : 지식 15

내구도 62/75

[무거운 부츠]

어떤 상황에서도 중심을 잃지 않는다.

방어력 2

민첩 +1

사용 제한 : 민첩 15

내구도 73/75

무혁의 눈이 커졌다.

"허어……."

아이템 하나하나가 범상치 않았다.

내가 착용하는 게 좋겠어.

물론 흐름의 팔찌는 의미가 없다. 저건 판매할 생각이었다.

그러나 신발은 착용할 수 없는 상태였다. 현재 무혁의 민첩이 14였기 때문이다.

[기본 정보]

이름 : 무혁

레벨 : 31

직업 : 조폭 네크로맨서

명성 : 1,150

[칭호]

1. 모험의 시작

-모든 스탯+1

2. 조폭 네크로맨서의 수제자

-HP, MP(200) 상승

-회복률(5) 상승

3. 어둠에 물들지 않은

-어둠 관련 몬스터에게 추가 대미지(+5%)

-어둠 관련 몬스터에게 추가 방어력(+5%)

[기본 스탯]

힘 : 34 / 민첩 : 14 / 체력 : 20

지식 : 19 / 지혜 : 26

[특수 스탯]

지구력 : 4 / 집중력 : 4 / 유연성 : 4

행운 : 4 / 손재주 : 38

보너스 포인트 : 0

[상세 정보]

HP : 1,480 / 분당 회복률 : 60

MP : 1,880 / 분당 회복률 : 87

물리 공격력 : 102+65 / 마법 공격력 : 95+75

물리 방어력 : 20 +11 / 마법 방어력 : 38

공격 속도 : 134%

이동속도 : 117%

반응속도 : 101.4+0.5%

무혁의 현재 스탯이었다.

민첩이 1개 부족해.

무혁은 착용하고 있는 아이템을 훑었다.

신발을 제외하면…….

신발에는 힘 1개가 붙어 있으니 민첩과는 상관이 없었다.

아이템을 착용할 만한 빈 자리가 없었기에 민첩이 붙어 있는 액세서리를 구해보기로 했다.

경매 시스템.

다행히 생각보다 쉽게 민첩이 붙어 있는 발찌를 구할 수 있었다. 그 덕에 민첩을 15로 올린 무혁은 새롭게 얻은 두 가지 아이템을 착용할 수 있었다.

덕분에 이동속도와 공격 속도가 꽤나 크게 증가했다. 상당히 만족스러웠다.

다시 사냥해 볼까.

흐름의 팔찌는 판매를 위해 경매 시스템에 올렸다. 경매 시간은 72시간으로 설정한 후 시작 가격을 30골드로 정해뒀다.

무혁이 죽인 유저들도 24시간은 지나야 접속할 테니 그동안은 마음 놓고 사냥에 집중하기로 했다.

하나의 영상이 일루전에 떠올랐다.

[제목 : 오우거 사냥터에서 찍은 PK 영상!]

어디서나 PK는 호기심을 자극하는 법.

생각보다 많은 유저가 그 영상을 시청했다. 투구를 착용한

한 유저와 다섯 유저의 대립.

ㄴ치사하네, 5:1이라니.

ㄴ그보다 누구 말이 맞는 거야?

ㄴ거야 모르지.

ㄴ다물고 영상이나 봅시다.

댓글은 실시간으로 달렸다.

시청자의 몰입도가 갈수록 높아졌고.

ㄴ와, 대박. 난 물러설 줄 알았는데 투구 착용한 유저 욕할 때 심쿵!

ㄴㅋㅋ 꺼져, 병신아.

ㄴ너나 꺼지세요.

ㄴ위에 유저가 한 말 따라한 거잖아. 바본가.

그것은 전투가 벌어지면서 극으로 치달았다.

ㄴ헐, 스켈레톤 아홉 마리?

ㄴ대박이네, 저 정도면 상당한 거 아냐?

ㄴ내가 아는 친구가 네크로맨서 1위인데, 걔가 소환수 15마리 끌고 다녀요. 레벨 50이 넘어요.

ㄴ근데 왜 다 스켈레톤?

ㄴ그러게, 스켈레톤은 약하지 않나?
ㄴ강화 좀비나 진흙 골렘은 있어야지.
ㄴ딱 봐도 스켈레톤은 녹게 생겼잖아.

하지만 예상과 다르게 흘러갔다.

ㄴ미친…….
ㄴ저거 스켈레톤 맞아요?
ㄴ뭐가 저렇게 세?

스켈레톤이 상대를 압도한 것이다.

ㄴ오우거 사냥터면 40레벨은 되어야 하지 않나요?
ㄴ맞아요. 그런 유저를 스켈레톤이 이긴 거.
ㄴ허어…….
ㄴ대박이네, 대박.

그 영상으로 인해 네크로맨서가 실시간 검색어 7위에까지 올랐다. 물론 새로운 영상이 빠르게 치고 올라왔기에 그 영상은 몇 시간도 지나지 않아 묻혀 버리고 말았다. 실시간 검색어에서도 사라졌고 말이다.

그러나 그 영상을 본 유저는 수십만이 넘었고 지금도 꾸준히 수가 증가하는 중이었다. 그들의 뇌리에는 스켈레톤만 소환하는 특이한 네크로맨서가 분명히 각인되었다.

제2장
모임

아침 일찍 일어나 헬스장으로 향했다. 러닝머신 30분을 하고 근력 운동을 시작했다. 모습을 드러내기 시작한 섬세한 근육이 주변에서 운동하고 있던 뭇 여성들의 시선을 끌었다.

외모는 무난했다. 적당한 키에 적당한 근육. 거기에 깊어 보이는 눈빛이 더해지니 묘한 매력으로 다가왔다. 누가 봐도 결코 비호감은 아니었다.

하지만 무혁은 낯설었다.

으음…….

저런 시선들에 아직 익숙하지 않았다. 7년 이상 병원에서 누워만 지냈으니 당연한 일이었다. 그렇다고 싫다는 건 아니었다. 다만 어색할 뿐.

"크흠……."

애써 무시하며 운동에 집중했다.

드드드.

그때 기구 옆에 놓아뒀던 휴대폰이 울렸다. 누군가 싶어 액정 화면을 바라보는 순간 절로 눈이 커졌다.

"민우?"

유일하게 친구라 말할 수 있는 한 존재.

성민우였다.

통화 버튼을 눌렀다.

"여보세요……?"

그러고 보니 새로운 인생을 산다고 생각한 이후 친구를 만난 적이 없었다. 통화를 한 적도 없다.

원래 무뚝뚝한 녀석이라 연락을 거의 하지 않고 지냈다고는 하지만 본인 스스로도 잊어버린 채 지냈으니 할 말이 없었다.

-뭐 하냐?

대뜸 본론부터 꺼내는 성민우.

괜스레 미소가 그려졌다.

"운동."

-에? 웬 운동?

"요즘 일루전 하잖아. 몸 축날까 봐."

-오오! 너도 일루전 하냐?

성민우의 목소리에 활기가 감돌았다. 일루전이라는 단어를 듣자마자 눈이 번쩍하고 뜨인 모양이다. 그 반응만으로도 충분히 짐작할 수 있었다.

"너도 하냐?"

-당연하지! 이왕 얘기 나온 거 오랜만에 뭉쳐야지? 다른 녀석들도 전부 일루전 하고 있거든. 만나면 엄청 재밌겠는데?

순간 강무혁의 표정이 살짝 굳어졌다.

한때는 친구라 여겼던 이들. 전신마비로 병원에 입원했을 때 성민우의 손에 이끌려 면회를 왔던 그들의 모습이 떠오른다.

첫 면회 이후 그들은 더 이상 찾아오지도, 연락 한 번 하지도 않았다. 오직 성민우만이 가끔 찾아와 걱정스러운 표정과 말투로 괜찮냐고 물어볼 뿐이었다.

"글쎄……."

그래서 내키지 않았다.

-왜? 일루전 이야기도 좀 하고.

"으음……."

-오랜만에 봐야지. 잔말 말고 애들한테 연락할 테니까 준비나 하고 있어. 시간하고 장소는 문자로 쏠 테니까. 그럼 끊는다!

그리고 통화가 끊겼다. 무혁은 한숨을 크게 내쉬었다.

"하아."

성민우는 보고 싶었지만 다른 이들은 아니다. 그렇다고 일어나지 않은 일로 무작정 피하는 것도 우습다.

그들에 대한 마음이 풀어지기는 어렵겠지만 성민우와 일루전에 대해서 이야기를 나누는 것은 아주 즐거운 일이 될 것이었다.

결국 나가는 것으로 결정을 내리고 다시 운동을 이어갔다. 얼마 지나지 않아 성민우에게서 문자가 왔고 시간에 여유가 없음을 확인한 후 무혁은 운동을 마치기로 했다.

집으로 돌아가 옷을 갈아입은 무혁은 약속 장소로 택시를 타고 이동했다.

"도착했습니다."

"얼마죠?"

"6,700원이요."

요금을 지불한 후 택시에서 내렸다. 바로 앞에 보이는 음식점으로 진입했다.

벌써부터 자리를 잡은 채 술잔을 주거니 받거니 하고 있는 사람들이 보였다. 그들로 인해서 내부는 꽤나 왁자지껄한 상태였다.

"이야, 그래서 레벨은 몇인데?"

그 사이로 익숙한 목소리가 들렸다. 고개를 틀어 바라보니 그곳에 성민우가 있었다. 희미하게 웃으며 다가가니 이미 도착해 있는 무리가 보였다.

한때는 친구라 여겼던 이들, 마음을 줬던 그녀까지.

"여, 왔냐?"

턱이 꽤나 발달한 사내가 아는 체를 해왔다. 허영찬이었다. 이름대로 조금 허영에 찌들어 사는 녀석이었다.

집이 잘사는 것은 아니지만 조그맣게 시작했던 인터넷 쇼핑몰이 중박을 치면서 지금은 한 달 1,500만 원에 가까운 순수익을 올린다고 들었다. 그 탓에 안 그래도 직설적이던 날카로운 말투가 조금 더 심해졌다. 친구에게도 할 말 못할 말을 구분하지 못하는 녀석이라고나 할까.

"어, 그래."

대답을 하기도 전에 돌아보는 이들. 모두가 반갑다는 표정을 짓는다. 하지만 저들 중에서 과연 진심으로 반기는 이가 몇이나 될까?

그때 성민우가 일어났다.

"왜 이렇게 늦었어?"

"길이 조금 막혀서."

"그러냐? 일단 여기 앉아라."

성민우가 무혁을 끌어 자리에 앉혔다.

그런데 하필이면 그녀, 그러니까 한때 마음을 줬던 정민아의 바로 옆이었다.

처음에는 조금 불편했지만 그녀와 이야기를 나누면서 스스로가 조금 달라졌음을 느낄 수 있었다.

"오랜만에 봐서 그런가? 느낌이 완전 달라졌네?"

"그래? 요즘 운동을 좀 하고 있어서."

예전의 무혁이었다면 분명 말투가 어눌했을 것이다. 부끄러운 감정을 못이긴 채 무뚝뚝하게 대하거나, 아니면 차라리 시선을 피해버리거나. 하지만 지금은 아니었다. 그냥 알고 지내던 여자 그 이상으로는 보이지 않았다.

"우와, 근육 봐."

그때 갑자기 정민아가 손을 뻗었다. 팔뚝을 쓸어가는 그녀의 손길이 느껴졌다. 조금 흠칫한 무혁이었지만 수년을 전신마비로 지내는 동안 정신력이 꽤 단련된 모양이었다. 이런 상황에서도 그녀의 눈을 똑바로 쳐다볼 수 있을 줄은 몰랐다.

"완전 단단해!"

모일 때마다 항상 오는 그녀였지만 가까워지기는 어려웠다. 언제나 거리감이 있었던 사이였는데 오늘은 그 거리감이 거의 느껴지지 않았다.

그렇다고 그녀가 좋아졌다는 건 아니다. 전신마비가 되어 누워 있을 때, 병원에 찾아온 그녀가 보인 눈빛과 대화를 아직 잊지 못하고 있으니까.

그렇기에 지금 무혁에게 보내는 은근한 시선을 무시했다. 더 이상 대화할 거리가 없었기에 고개를 돌렸다.

자신을 보며 피식 웃는 성민우가 보였다. 말하진 않았지만 그는 알고 있었으리라. 무혁이 정민아를 좋아하고 있었던 것을. 그래서 일부러 옆에 앉혔을 것이고.

뭐, 이젠 쓸데없는 짓이지만.

그래도 티를 내진 않았다.

"일루전 한다고 했지?"

"당연하지."

"레벨은 몇이야?"

"이제 32야."

"언제부터 했는데?"

"오픈하자마자. 넌?"

"나?"

성민우의 물음에 무혁은 입을 다물어버렸다.

"어, 넌 레벨 몇이냐?"

"아, 난 시작한 지 얼마 안 돼서."

"그래?"

"응, 이제 두 달 조금 안 됐어."

"그래도 15는 찍었겠네."

무혁은 그저 웃었다.

31이긴 하지만.

성민우만 있었다면 말했겠지만 다른 이들이 있는 곳에서 굳이 자세하게 언급할 필요는 없다고 생각했다.

현재 대한민국 캡슐 판매량만 2,000만 개가 넘은 상태였고 전 세계적으로 팔린 캡슐의 판매량은 벌써 10억을 향해가고 있는 시점이었다.

하루가 멀다 하고 판매량이 기하급수적으로 증가하는 지

금, 일루전과 연관된 프로그램이 TV 편성표의 50퍼센트를 차지하고 있다. 랭커들이 광고를 찍고 있었고 그들이 일루전에서 도전하는 퀘스트가 방송 3사에서 방영되는 것이 다반사였다. 덕분에 일루전의 파급력과 영향력을 충분히 실감하고 있었다.

그런 일루전이다. 그곳을 살아가는 이들 모두가 최고를 꿈꾼다. 무혁 역시 마찬가지다. 그렇기에 스스로에 대한 정보를 이들에게 알려주고 싶진 않았다.

"왜 말이 없어?"

그 순간이었다.

"야, 야. 눈치도 없냐? 말하기 어려워하는 걸 보면 감이 오잖아. 레벨이 너무 낮아서 쪽팔린 거겠지. 저레벨은 나중에 버스 태워줄 테니까 우리 고레벨끼리 이야기하자고. 아까 내가 레벨이 46이라고 했잖아? 이 정도면 랭커는 아니지만 꽤나 주목받는다니까?"

허영찬의 목소리가 고막을 때렸다. 덕분에 성민우의 시선이 그에게로 옮겨졌다.

"근데 너 쇼핑몰 운영하잖아."

"그렇지."

"근데 어떻게 벌써 46이나 찍었어?"

"아아, 사실 좀 축소시켰어."

"쇼핑몰 규모를?"

"응, 내가 계속 신경을 쓰면서 하니까 일루전을 할 시간이 없더라고. 그래서 아르바이트생 한 명 써서 전부 관리하게끔 맡겨놨지. 물론 매출에 관해서는 여전히 내가 맡고 있지만."

그러자 허영찬의 좌우에 있던 배민성과 박환규가 끼어들었다. 부러운 표정을 숨기지 않은 채로 말이다.

"와, 대박이네."

"한마디로 그냥 가만히 있어도 매달 돈이 들어온다는 이야기잖아?"

"그렇지."

허영찬의 입꼬리가 올라갔다. 그 미소는 허영찬의 속마음을 그대로 내비쳤다.

어때, 난 너희와 비교할 수준이 아니야.

그때 정민아가 눈을 빛내며 허영찬에게 물었다.

"근데 그렇게까지 할 필요가 있어?"

"뭐가?"

"규모가 줄어들면 수입도 줄잖아."

"그렇긴 하지, 근데 아무리 생각해도 일루전 랭커가 되는 게 더 좋아 보이더라고. 생각을 해봐, 요즘 인터넷이나 TV나 뭘 보더라도 일루전 이야기밖에 없어. 예전에야 아이돌 그룹이 나오면 환장했지만 지금은 아이돌 멤버도 일루전 프로그램 MC로 나오거나 게스트로 나오는 게 전부잖아?"

다들 고개를 끄덕였다.

"그리고 그 빈자리를 차지한 게 바로 일루전 랭커들이고."

"그렇지."

"솔직히 일루전이 망할 일도 없어 보이고."

당연한 이야기다. 전 세계적으로 팔린 캡슐이 몇 개인데.

"그러니까 거기서 주목받으면 우리나라뿐만이 아니라 전 세계적인 스타가 된다는 소리지. 지금도 3사 방송에 편성되는 랭커들 퀘스트 장면이 얼만지나 알아? 방송 한 번 나가면 출연료만 2천만 원에 유료 동영상으로 편성이 되면 매달 수억을 받는다더라."

수억이라는 말에 다들 입을 벌렸다.

"허어, 그 정도나?"

"놀라기는."

물론 유료 동영상 편성이 쉬운 건 아니다. 정말 특별한 퀘스트만이 가능하니까.

하지만 레벨을 높이고 좋은 길드에 들어간다면 불가능한 일은 아니었다. 지금이야 소수의 유저가 주목받고 있지만 시간이 지날수록 다수가 뭉친 길드가 주목받게 될 것이다.

"안 그래도 요즘 잘나가는 길드 몇 군데에서 제의가 들어와서 말이야."

"완전 부럽네."

"후아. 엄청나다, 엄청나."

"뭘 이 정도로."

모두들 허영찬의 말에 매료되었다.

한 사람, 강무혁을 제외하고서.

“근데 그런 생각까지 하고 있었어?”

“당연하잖아, 이 정도 퀄리티의 가상현실 게임은 지금까지 나온 적이 없다고. 일루전은 분명 세상의 흐름을 바꿀 정도로 엄청난 게임이야.”

허영찬의 눈이 형형하게 빛났다. 강무혁은 그런 그를 묘한 눈빛으로 바라보고 있었다. 확실히 그의 말대로 흘러갈 것이다. 완전 허영에 찌든 줄만 알았는데 생각보다 흐름을 읽을 줄 아는 녀석이었다.

아니, 당연한 건가?

저 정도는 되기에 쇼핑몰도 중박은 친 것일 터였다.

아무튼 그가 말한 것 대부분에 동의했으나 절대로 동의할 수 없는 몇 가지 맹점을 발견할 수 있었다.

일단 유료 동영상에 편성이 되었을 때 몇억이 들어온다는 것. 그건 아주 인기 있는 영상만이 가능한 수치다.

게다가 아무리 인기가 좋아도 시간이 지나면 새로운 영상이 올라오면서 그 동영상을 시청하는 사람들의 수가 현저하게 줄어든다. 당연히 수입도 줄어들 것이고. 그 부분을 이야기하지 않고 있었다.

그래, 그건 그렇다고 쳐도. 과연 허영찬이 그들처럼 될 수 있을까? 괴물들이 득실거리는 랭커의 세계로 진입할 수 있을까?

거기서 살아남을 수 있을까?

가능성은 매우 낮았다.

왜냐고?

바로 허영찬의 레벨 때문이었다. 이제 겨우 46이었다. 일루전이 오픈했을 때부터 시작했고 쇼핑몰도 매출 관리를 제외하곤 신경도 쓰지 않는다고 했다. 허영찬의 성격상 분명 현질도 상당히 했을 것이다.

올인했다고 해도 과언이 아닌데 겨우 46레벨이다. 반년에 가까운 시간 동안 달성한 레벨치고는 낮았다. 50이라도 넘었으면 모르겠지만.

반면 강무혁은 두 달도 되기 전에 31레벨을 찍었다. 4개월을 채우기 전에 40레벨이 되어 있을지도 모를 일이다. 불가능한 일이 아니었다. 31레벨이 레벨 30의 오우거를 사냥하고 있다. 레벨 업 속도가 남달랐다.

초반에 정보를 이용해 앞선 덕분에 가능한 일이었다. 그리고 이 작은 차이가 시간이 지날수록 거대하게 변하리란 것은 부정할 수 없는 사실이었다.

"그런 곳에서 내가 46레벨이라고."

이곳에 모인 이들에겐 대단한 것이겠지만 강무혁의 입장에서는 솔직히 우스울 뿐이었다. 어떠한 숨겨진 퀘스트도 해결하지 못했을 것이 뻔하다. 그렇다면 스탯 45개를 올린 게 전부일 텐데, 과연 그걸로 상위 랭커를 따라잡을 수 있을까?

단연코 NO다.

강무혁처럼 말도 안 되는 성장을 이루진 못했겠지만 진짜 랭커라 부를 수 있는 1만 랭커의 인물은 대부분이 하나 이상의 숨겨진 퀘스트를 깨면서 부수적인 스탯의 효과를 보고 있을 터였다. 그들과의 격차는 말로는 설명하기 어려운 수준인 것이다.

한마디 해줄까 싶은 생각이 든다.

레벨이라도 밝혀?

두 달 만에 31레벨. 듣는 순간 까무러칠 것이 분명했다. 솔직히 사람이기에, 그리고 남자기에 그 과정을 자랑하고 싶은 마음은 있었다.

다만 문제는 저들로 인해 자신의 모든 것이 드러날 경우다. 이름, 나이, 출신 대학. 악의적인 마음이 아니더라도 저들의 가벼운 입으로 인해 그 정보가 퍼진다면?

그걸 들키면…… 들키면? 어떻다는 거지? 왜 나는 그걸로 고민하는 거야?

레벨이 낮아 주목을 받으면 장점보다는 단점이 많다는 것도 사실이지만, 그렇다고 이렇게까지 숨길 일은 아니었다. 게다가 겨우 31레벨인데 누가 관심이나 주겠는가.

물론 사기적인 레벨 업으로 관심을 받을 가능성이 높긴 하지만 솔직히 직접 확인하지 않는 이상 대부분 헛소리로 치부할 것이 분명했다.

내가 오버하는 건지도…….

하지만 그런 상념은 길게 이어가지 못했다. 허영찬의 자기자랑이 또다시 고막을 때린 탓이었다.

"크큭, 아무튼 내가 길드에서 한자리 차지하면 너희들도 끼워줄 테니까 걱정하지 말라고."

"오오, 고맙다!"

강무혁은 그저 속으로 웃을 뿐이었다.

그래, 관심 끄자.

굳이 맹점에 관한 부분을 지적해서 현재의 위치를 자각시켜줄 필요는 없었으니까. 성격이 더럽긴 하지만 그래도 흐름을 읽을 줄 아는 녀석이니 자만심에 취한 채로 무너지는 걸 보는 것도 나름 기쁜 일이리라.

"그건 그렇고, 정민아."

"응?"

"너도 일루전 하잖아. 레벨이 몇이라고 했었지?"

"아, 나는 마법사고 레벨은 20이야."

"으흠, 낮네?"

"응, 시간이 많이 없어서."

정민아가 웃으며 허영찬과 대화를 나눴다.

"그럼 파티라도 해줄까?"

"정말? 나야 좋지!"

"좋아, 그럼 내일 시간 날 때 연락해."

"알겠어!"

그렇게 일루전에 관한 이야기가 주를 이루니 솔직히 무혁도 지루함을 느끼지 못했다. 술을 많이 마시지는 않았으나 분위기에 취한다고나 할까.

물론 이들이 썩 마음에 들지 않는 건 사실이지만 이런 여유를 느끼는 건 오랜만이었기에 미소가 그려지는 것까지는 막을 수가 없었다.

그러다 놓아버린 정신을 다시 붙들었을 때, 흘러 버린 시간을 확인하고선 모두가 놀랐다.

벌써 11시가 넘어선 탓이었다.

"허어, 벌써 이렇게 된 거야?"

"슬슬 갈까?"

그때 허영찬이 술에 조금 취한 듯 게슴츠레한 눈빛으로 고개를 흔들었다.

"가긴 어딜 가?"

"응? 또 술 마시러 가자고?"

"아니!"

"그럼?"

"캡슐방 가야지, 이것들아!"

캡슐방이란 단어에 강무혁의 표정이 살짝 굳어졌다.

최근 들어서 우후죽순처럼 생겨나기 시작한 그것은 오직 일루전에 접속하기 위한 캡슐이 존재하는 곳이다. PC방처럼 말이다.

"흐음, 괜찮은데?"

"가 볼까?"

"나는 콜!"

"나도 좋아."

다들 동의하는 분위기였다.

"그럼 계산부터 하자고."

"오케이."

계산을 마치고 식당 밖에서 모였다. 성민우가 다가오더니 무혁의 어깨를 툭 하고 건드렸다.

"아, 그게……."

"가자, 오랜만에 다들 모였는데."

캡슐방에 접속하면 필시 레벨이 드러날 것이다.

"다들 레벨도 확인하고."

"으음."

"즐겨야지."

문득 그 말이 귀에 꽂혔다.

즐긴다?

성민우의 말에 접어뒀던 상념이 다시 튀어나왔다.

굳이 숨겨야 하나?

아니, 애초에 관심도 얻지 못할 일인지도 모른다. 그냥 기우일지도. 마음이 내키는 대로 행동하면 되는 게 아닐까.

물론 예전의 성격이었다면 부담스러워서 그대로 숨어버렸을지도 모를 일이다. 하지만 지금은 예전의 삶과는 다르다. 성격이 완전히 바뀌는 건 어렵지만 보다 적극적으로 변하는 건 그리 어려운 일이 아니었으니까.

새로운 삶이 아닌가? 다시 시작하는 인생이다. 어떻게 흘러도 좋으리라. 다만 그 흐름을 주도하고 싶을 뿐이었다.

그러니까, 숨지 말자.

생각이 전환되어서일까. 막혀 있던 벽이 부서진 것 같았다. 아주 상쾌한 기분이었다.

"갈 거지?"

"그럼, 가야지."

무혁의 입가에 걸린 미소가 편안해 보였다.

캡슐방에 도착한 후 선불로 요금을 계산하고 안내를 받아서 룸으로 들어갔다. 그곳에 자리를 잡고 있는 6개의 캡슐을 사용하게 될 것이었다.

"자, 그럼 어디서 볼지 정해야지?"

"일단 대륙은 포르마잖아."

"그렇지. 거기가 아시아인이 접속하는 대륙이니까."

"그러면 중앙에 있는 비르 왕국 어때?"

"비르 왕국이라."

"아무래도 거기가 중앙이니까."

"흐음, 괜찮은데?"

"좋아."

"나도."

"그럼 비르 왕국 중앙 분수대에서 보자고."

장소를 정하고 바로 캡슐로 들어가 누웠다. 문이 닫히니 어둠만이 남았다. 묘한 적막감이 흐르는 가운데, 익숙한 기계음이 고막을 때렸다.

[신체를 스캔합니다.]

['무혁' 사용자임을 확인합니다.]

[비밀번호를 입력해 주십시오.]

은하수.

마음으로 생각하니 빛이 조금 더 가까워진다.

[접속되었습니다.]

이윽고 저 멀리서 빛이 보였다. 그 빛은 빠르게 다가오더니 망막을 덮쳤고 그 순간 새로운 세계가 눈에 들어왔다. 이제는 익숙해진 장면이다.

잠시 눈을 감았다. 미묘한 감각이 사라진 순간 눈을 떴다.

자신이 로그아웃했던 장소였다.

저벽.

오우거 사냥터를 벗어나 워프게이트가 설치되어 있는 마을로 돌아갔다.

왕국이나 제국과는 달리 인적이 드문 마을 워프게이트 앞쪽에서 한 여인이 지루한 표정으로 하늘을 보고 있었다.

무혁이 가까이 접근했음에도 눈치채지 못했는지 여전히 멍하다.

"저기요."

"……."

"저기요!"

그제야 그녀가 움찔거렸다.

"에, 네, 네!"

"워프게이트 이용하려고요."

"아, 네. 죄송합니다!"

꾸벅 고개를 숙이는 모습이 꽤 귀여웠다. 생긴 것도 동글동글했고.

"어디로 가실 생각이세요?"

"비르 왕국이요."

"1골드예요."

1골드. 현금으로 계산해도 겨우 1만 원이 조금 넘는 수준이었다. 만 원으로 수십, 수백 킬로미터 떨어진 곳으로 단번에 이동할 수 있으니 돈이 아깝지 않았다.

"여기요."

"감사합니다. 이제 워프게이트로 올라가신 후에 눈을 감고 계시면 됩니다."

무혁이 워프게이트에 오르자 맹하게 보이던 여자가 낮은 목소리로 중얼거리기 시작했다. 그러자 워프게이트 사방에서 기이한 에너지의 흐름이 느껴졌다.

가만히 살펴보는 그 순간.

파앗.

거짓말처럼 세상이 일그러졌다.

읍……!

미약한 어지러움과 함께 일그러진 세상이 다시 본래대로 돌아왔을 땐 어느새 그 귀여운 여인이 사라지고 대신 우락부락하게 생긴 사내 한 명이 워프게이트 앞을 차지하고 있었다.

"환영합니다, 비르 왕국에 오신 것을."

그제야 이곳이 바르 왕국임을 깨달았다.

"아, 감사합니다."

조금 멍한 표정으로 인사한 후 워프게이트에서 내려왔다.

후아, 어지럽네.

지끈거리는 관자놀이를 꾸욱 누르며 광장으로 향했다.

얼마나 이동했을까. 서서히 유저들의 모습이 보이기 시작했다. 광장 쪽으로 가면 갈수록 그 수가 기하급수적으로 증가했다. 그 탓에 광장 중앙에 도착하기도 전에 유저라는 파도에 휩쓸려 버렸다.

"식인 나무 탱커 가능한 기사 구해요!"

"범위 대미지 가능한 딜러 모십니다!"

하지만 쉽게 흔들리지 않았다. 꾸역꾸역 유저들을 헤치며 전진했다. 겨우 다른 길로 빠지지 않고 중앙 분수대에 도착할 수 있었다.

"어, 여기!"

먼저 도착한 성민우가 보였다.

"일찍 왔네?"

"어, 난 비르 왕국에서 시작했거든."

"아하."

"근데 너 레벨 몇이야? 템이……."

성민우의 눈매가 가늘어졌다. 그럴 수밖에 없는 것이 현재 무혁이 착용하고 있는 몇 가지 아이템은 범상치 않은 옵션을 지니고 있었다. 그런 만큼 겉으로 보기에도 평범한 방어구와는 느낌이 조금 달랐으리라.

"나?"

"응, 아이템이 좋아 보이는데?"

무혁이 씨익 웃었다.

그 표정에 성민우가 미간이 좁혀졌다.

"뭐야, 몇인데 그래?"

"31."

그 수치가 성민우의 고막을 날카롭게 파고들었다. 31이라는 숫자가 들렸다.

눈앞에 있는 무혁이가? 시작한 지 이제 두 달이라고 하지 않았나?

고개를 저었다. 자연스럽게 뇌에서 자체적으로 필터링을 거친다. 그러자 남게 되는 것은 삼이라는 단어가 제외된 나머지 숫자였다.

"아, 레벨이 11이었어?"

당연한 사고방식이었다. 설마 두 달 만에 31레벨을 찍었다고는 생각할 수 없었으니까. 게임에 그렇게 재능을 보인 녀석도 아니고 말이다. 게다가 모임에서 말을 아낀 이유가 레벨이 낮아 창피했기 때문이라고 생각하니 지금의 추측에 힘이 실렸다.

그럼에도 불구하고 의아함이 드는 이유는 한 가지. 바로 아이템 때문이었다.

"근데 아이템이 어째 나보다 더 좋아 보이네."

무혁이 착용하고 있는 것들은 지금 성민우가 걸치는 무구와 비슷하거나 그보다 더 좋아 보였다.

"광택도 넣을 수 있나?"

"아니."

"그럼? 방법이 뭐야?"

그런 성민우의 반응이 무혁은 그저 재밌기만 했다. 31이라는 레벨을 11로 듣지를 않나. 이젠 아이템을 보고 광택을 넣을 수 있냐고 묻지를 않나.

그래도 방법은 알려줘야겠지.

피식 웃으며 대답해 줬다.

"그냥 좀 좋은 거 착용하면 돼."

"좋은 거? 나도 아이템 나쁘지 않은데……."

"내가 옵션이 꽤 많아. 두 개나 세 개씩 붙은 것도 있어서……."

"뭐? 두 개, 세 개? 그러면 엄청 비싸잖아! 네가 돈이 어디 있다고 그런 아이템을 구해?"

이대로 가다간 답이 나오지 않을 것 같았다. 웃음을 지우고 성민우를 쳐다봤다.

"잘 들어."

그 진지한 표정에 긴장한 것일까.

꿀꺽.

성민우는 자기도 모르게 침을 삼켰다.

왜일까? 도대체 무엇 때문에?

그 순간 들려온 낮은 속삭임.

"내 레벨은 11이 아니라 31이야."

"뭐?"

"31이라고."

"31이라고?"

"그래."

"두 달째라며?"

"맞아."

"그런데 31이라고?"

"응."

"진짜……?"

무혁이 고개를 끄덕였다. 그러자 성민우가 갑자기 고개를 젖히며 웃어대기 시작했다.

"푸, 푸훗. 크하하하!"

침을 튀기며 삿대질까지 했다.

"두 달, 겨우 2개월 만에 31이라고? 크큭! 야, 지나가는 개한테 이야기해도 안 믿겠다, 인마!"

그 순간 주변의 시선이 집중되었다.

"음? 뭐야?"

"방금 뭐 2개월 만에 레벨이 31이라고 하던데?"

"두 달 만에 31?"

"웃기네, 크큭."

"개그라도 치나?"

일순간 무혁의 표정이 굳었다.

멈출 줄 모르던 성민우의 웃음 역시 빠르게 사그라지기 시작한다. 그러곤 굳은 표정의 무혁을 보며 흔들리는 동공을 주체하지 못했다.

정말로 31인가?

문득 혼란이 찾아왔다.

지금 상황을 어떻게 이해해야 하지?

애써 아무렇지도 않은 척 무혁을 이끌었다. 그러곤 인적이 드문 곳에서 멈춰서 다시 물었다.

"진짜로 31이냐?"

"그래."

"진짜?"

무혁은 한숨을 쉬었다.

"너 닉네임 뭐야?"

"어, 나 강철주먹."

곧바로 그에게 파티를 걸었다.

['강철주먹' 님에게 파티 초대를 요청하시겠습니까?]

반대로 성민우에게는 다른 메시지가 떠올랐다.

['무혁' 님이 파티에 초대하셨습니다. 수락하시겠습니까?]

성민우는 얼떨결에 고개를 끄덕였다.

그러자 자동으로 파티창이 열렸는데 그곳에 나타난 레벨을 확인하는 순간 기괴한 표정이 절로 튀어나왔다. 정말로 레벨이 31이었으니까. 믿기 힘들었던 말이 진실이 되어버린 것이다.

"허어……."

멍한 표정으로 무혁을 쳐다봤다.

성민우가 중얼거렸다.

"그러니까, 두 달째라고?"

"맞아."

"네 전부를 걸고?"

"그렇다니까."

충격이겠지.

이미 일루전의 영향력은 전 세계를 아우르고 있었다. 아시아, 유럽, 남, 북아메리카, 오세아니아, 아프리카 등 전 세계가 일루전을 즐기고 있다. 물론 나라가 속한 대륙에 따라 일루전에서 시작하는 대륙이 정해지기에 지금은 다른 대륙의 인물을 만날 수는 없다. 그러나 아시아에 속한 이들은 지금 당장 주변에서도 쉽게 볼 수 있었다.

그 정도로 많은 유저가 일루전을 즐긴다. 그러면서 생겨난 공식이 있다.

하루 12시간을 사냥에만 투자할 경우 레벨 10을 찍는 데 걸리는 시간이 5일, 레벨 10에서 15를 찍는 데는 15일, 15에서 20까지는 20일이다. 즉, 40일을 폐인처럼 매달려야 레벨 20을 겨우 찍는다는 소리다.

20부터는 더 어려워진다. 25까지 다시 25일이 걸리고, 25부터 30까지 한 달이 걸린다. 즉, 레벨 30을 만들기 위해서는 폐인처럼 3개월 이상을 지내야 하고 평범하게 즐긴다면 6개월이 걸려도 이상하지 않다는 소리다.

그것이 공식이다. 이미 널리 알려진 일루전 레벨 업 속도의 공식.

그런데 두 달에 31?

쉽게 믿지 못하는 게 당연했다.

"어떻게?"

"운이 좋았어. 던전을 일찍부터 발견했거든."

"아……."

"연이어 두 번이나."

"허얼……!"

"칭호도 얻었고."

"흡!"

그제야 조금 수긍하는 성민우였다.

"왜 미리 말 안 했어?"

"지금 말하잖아."

"그럼 식당에서는?"

"그냥."

성민우는 한동안 멍하니 있었다. 그러더니 돌연 웃기 시작했다.

"크큭, 아무튼 대단하네. 그리고 재밌겠네."

"뭐가?"

"허영찬 들어오면 그 녀석 반응 재밌겠다고."

사실 무혁도 기대 중이다.

어떤 표정을 지을까?

"나도 궁금하네. 그보다 이제 받아들인 거야?"

"눈앞에 떡하니 31이라는 숫자가 있는데 어쩌겠냐. 게다가 던전도 두 번이나 발견하고 칭호까지 얻었다면서? 던전 보상도 엄청났겠지?"

"엄청났지."

"크아! 그럼 가능할 수도 있지, 뭐. 아아, 나도 던전 발견하고 싶다!"

"다음에 발견하면 같이 가자."

"진짜?"

"그래."

"오우, 예!"

그 모습에 절로 미소가 그려진다.

"그럼 이제 광장으로 가야지?"

"아, 그렇지."

다시금 인파를 헤치고 중앙 분수대로 향했다. 마침 도착한 그들이 보였다.

허영찬이 기세등등한 표정으로 손을 들었다.
"여기야."
그들의 앞으로 다가가 멈췄다.
"일단 파티부터 할까?"
당장에라도 자신의 레벨을 자랑하고 싶은 모양이다.
"가볍게 근처에서 사냥이나 하자고. 뭐, 부담은 갖지 마. 친구 사이인데 이 정도 버스는 태워줘야지."
그러면서 주변을 훑었다.
마지막으로 무혁까지.

['파괴자' 님이 파티에 초대하셨습니다. 수락하시겠습니까?]

피식 웃은 후 승낙했다.
"자, 전부 파티에 들어왔지. 그럼 이제……."
파괴자, 그러니까 허영찬이 갑자기 뒷말을 흐렸다. 보고 있던 파티창에서 이해할 수 없는 숫자를 확인한 탓이었다.
눈을 비비고 다시 쳐다봤다.
고개를 돌려 무혁을, 그리고 다시 파티창을.
성민우를 제외한 다른 이들은 허영찬의 이상한 행동에 의아함을 갖고 파티창을 확인했다. 한 명씩 레벨을 확인해 나가는데 역시나 무혁의 레벨에서 눈이 멈춰 버렸다.
그 사이에서도 허영찬의 고개가 좌우로 계속 움직이고 있었다. 미간을 깊게 찌푸린 채로 말이다. 그러곤 힘겹게 입술을 떼었다.

"너, 레벨이……."

"아, 31이야."

"뭐야, 너도 오픈하자마자 했냐?"

"아니."

"그럼?"

"이제 두 달째야."

"무슨 말도 안 되는 소리를……."

"운이 좋았어. 던전을 2개나 발견했거든."

"……."

"그리고 칭호도 얻었고."

"치, 칭호……?"

"응, 모든 스탯이 1개씩 상승하던데. 아, 던전의 보상도 장난이 아니었지. 힘, 민첩, 체력, 지식, 지혜가 두 개씩 올랐으니까. 덕분에 지금 혼자서 오크 대전사 정도는 쉽게 잡아. 두 마리도 무리가 없더라고."

무혁은 의아한 표정으로 말했다.

"그래서 레벨 업이 빠른가?"

정말 아무것도 모르는 것처럼.

"……."

허영찬의 눈이 더 이상 그럴 수 없을 정도로 커졌다. 미친

듯이 흔들리기까지 한다.

"그러니까……."

"맞아, 두 달 만에 31레벨을 찍은 거지."

무혁이 간단하게 정리해 줬다.

"거짓말!"

"직접 보고 있잖아?"

"그, 그래도 이건 말이 안 돼! 내가 반년을 해서 이제 46인데. 겨우 두 달 만에 31레벨이라고? 아무리 던전을 발견해도 그렇지, 말이 돼? 무슨 버그라도 쓴 거 아니야? 맞아, 일루전이라고 버그가 없으란 법은 없지. 그래, 그런 거야. 아니면 말이 안 되는 일이지."

친구라는 이름으로 모였고 즐기자는 마음으로 게임에 접속했다.

그런데 자신이 시간을 투자한 것에 비해 레벨이 높으니 질투에 눈이 멀어 저런 소리를 한다?

역시나 예상대로였다.

"넌 레벨 높아도 되고, 난 안 된다?"

"그런 소리가 아니라, 아무리 생각해도 말이……."

무혁이 허영찬과의 거리를 좁혔다.

귀에 대고 낮게 속삭였다.

"그게 아니면 뭐? 아무리 생각해도 버그를 쓴 것 같다고? 입 함부로 안 놀리는 게 좋을 것 같은데? 내 기분이 좀 더러워져서."

"무슨 헛소리를……."

"두 달 만에 31레벨을 찍었어. 상상이 가?"

"……."

"3개월만 더 지나도 네 레벨은 그냥 따라잡아. 아니, 2개월이면 충분할걸? 반년이면 랭커에도 진입할 수 있어. 방해하면 되지 않냐고? 내가 어디에 있을 줄 알고? 몇 개월만 숨어서 죽어라 사냥만 하면 최고의 길드에도 가입할 수 있겠지. 그때의 내 영향력은 과연 어느 수준일까? 상상이 돼?"

그 말에 허영찬의 표정이 다시 변했다. 일그러짐 반, 애써 웃는 미소가 반이었다.

"아, 하하. 버그라니, 당연히 장난이지."

"그래?"

"그, 그럼."

무혁이 피식 웃었다. 명백한 비웃음이었다. 그럼에도 허영찬은 어떤 대꾸도 하지 못했다.

"뭐야, 왜 그래?"

"아, 아무것도 아니야. 그냥 대단해서……."

"그래?"

귓속말로 대화를 한 탓에 다른 친구들은 두 사람의 대화를 듣지 못했다. 그들의 물음에 대충 변명하는 모습을 보며 새삼스레 깨달았다.

그래, 전과는 분명히 다른 인생이다. 아무것도 하지 못했던 그 비참한 생을 다시 경험하고 싶지 않다.

남들에 의해 조종당하고 돈, 권력에 짓눌리고, 힘에 굴복하는 것. 그게 아무것도 하지 못하는 전신마비와 다를 게 무엇인가. 그런 경험은 한 번이면 족하다. 그러니 이제는 망설이지도 머뭇거리지도 않을 것이다.

무혁은 등을 돌리며 친구들을 바라봤다. 물론 이 중에 진짜 친구라 할 수 있는 사람은 한 명뿐이었지만.

"오늘은 여기까지만 하자. 깜박하고 있던 일이 생각나서."

그러니까 오늘은 아니다. 함께 사냥을 하더라도 이들과는 아니다.

아직도 그날이 잊히지 않는다.

전신마비로 지내고 있을 때 병문안을 온 저들은 성민우가 잠깐 자리를 비운 사이 참으로 직설적인 대화를 나눴었다.

조금의 배려도 없는 비수와도 같았던 말들. 살을 후비고 뼈를 발라내는 고문과도 같았던 그들의 표정. 그리고 마치 시체를 바라보는 듯한 시선까지. 그 모습은 아직까지도 뇌리에 박힌 채 잊히지 않는다.

물론 지금은 아니다. 아직 일어나지 않은 일이고 어쩌면 발생하지 않을 일일지도 모른다.

하지만 그렇다고 해서 이 악감정이 사라지는 건 아니다.

굳이 그 감정을 애써 억누를 필요가 있는 걸까? 처음엔 그려려고 노력했지만 게임에 접속하면서, 허영찬의 반응을 보면서 깨달았다.

내키지 않는 일에 애쓸 필요 없다고. 원하는 대로 하면 된다고.

그게 이번 삶의 목표가 아니었던가.

"민우야, 다음에 보자."

"어? 아, 그래."

성민우를 제외한 나머지는 더 이상 친구가 아니다. 그렇게 결론을 내리니 한결 마음이 편안해졌다.

진작 이럴 걸.

그렇게 생각하며 로그아웃했다.

친구들과의 만남 이후로도 무혁의 생활은 변한 것이 없었다. 아침 일찍 일어나 헬스장에서 운동을 하고 집으로 돌아오는 길에 식당에서 아침을 사먹었다.

이후 일루전에 접속해서 오우거를 사냥했다.

다음 레벨까지 얼마 남지 않은 경험치를 보며 흐뭇해하고 있는데 무혁에게 시비를 걸다가 죽은 다섯의 유저가 나타났다. 그들은 우물쭈물하면서 무혁과의 거리를 좁혀왔다.

무혁은 혹시 몰라 검뼈와 활뼈의 중앙에 위치했다.

"저, 저기……."

"뭡니까?"

사내 한 명이 힘겹게 말을 이어갔다.

"그게, 그러니까……."

"……."

"혹시, 아이템……."

"아, 당신들이 떨어뜨린?"

사내가 다급히 고개를 주억거렸다.

"그거 아직 갖고 있으면……."

"이미 팔았는데."

"아……."

사내의 표정이 일그러졌다. 현금으로 수백만 원짜리였다. 아깝지 않을 리가 없었다.

"이 개새……!"

홍분을 주체하지 못하며 달려드는 사내를 보며 무혁은 웃었다.

또 괜찮은 아이템 하나 떠라.

그 순간 옆에 있던 궁수가 그를 만류했다.

"야, 됐어."

"이거 놔!"

"먼저 공격해서 죽으면 또 아이템 떨어뜨릴 수도 있어."

그 말에 사내가 멈칫했다.

으드득.

어금니를 강하게 무는지 이가 긁히는 소리가 들려왔다.

"두고 보자, 너."

"그러든지."

무혁의 반응에 사내의 얼굴이 붉어졌다. 하지만 이렇다 할 행동은 취하지 못한 채 등을 돌려 동료들과 함께 사냥터를 떠났다.

흐음, 아쉽네.

미안한 마음은 없었다. 먼저 잘못한 것은 저들이니까.

사실 지금도 당장 공격해서 한 번 더 죽이고 싶은 마음이 있었지만 저들이 어떤 술수를 쓸지 모르기에 함부로 나설 수가 없었다.

그리고 PK가 좋은 것도 아니고. 괜히 주변 유저가 영상이라도 올리면 훗날 귀찮아질 우려도 있었다. 시비를 걸어준다면 마다하진 않겠지만.

무혁은 잡념을 지우며 등을 돌렸다. 다시 오우거 사냥에 열중하기 시작했다.

[레벨이 상승합니다.]

드디어 33이 되었다.

좋아!

이후로도 사냥을 멈추지 않았다.

크워어어어!

레벨이 오르고 6시간을 더 사냥한 후 차오른 경험치를 확인해 봤다. 오르는 속도를 보아하니 3일 정도면 레벨 하나를 더 올릴 수 있을 것 같았다.

계속 같은 속도를 유지한다면 한 달이 지나기 전에 40레벨을 달성할 수 있으리라.

그 이후로는…….

대략적인 계획을 생각해 보는 순간이었다.

['흐름의 팔찌'가 낙찰되었습니다.]

메시지가 떠올랐다.

아, 72시간으로 설정해 뒀었지.

[낙찰 금액을 확인합니다.]

[289골드를 획득합니다.]

마법 공격력 15, 캐스팅 속도 1퍼센트를 상승시켜 주는 팔찌다.

사실 350골드까지도 기대를 했었는데 그보다 낮은 금액이라 아쉬운 마음이 있었다.

뭐, 공짜로 얻은 거니까.

그래도 289골드라면 결코 적지 않은 돈이었다.

정리를 마치고 다시 사냥에 나섰다. 저 멀리 놀고 있는 오우거를 바라보며 명령을 내렸다.

활뼈1, 연사.

뼈 화살이 뻗어 나갔다. 하나의 화살이 오우거의 가슴에 명중했고 놈은 분노하며 무혁을 향해 달려왔다. 하지만 둔화의 독이 걸린 상태라 움직임이 꽤 느렸다.

그 틈에 활뼈의 공격이 다시 이어지면서 출혈과 약화까지 걸렸다.

마지막으로 거리가 충분히 좁혀졌을 무렵, 환각의 독까지 걸렸다.

크르……?

멍하니 있는 오우거를 검뼈들이 둘러쌌다.

검뼈, 전원 공격.

10퍼센트의 HP가 빠지고서야 정신을 차린 오우거. 녀석과의 본격적인 전투가 시작되었다.

매일이 반복되었다. 정신을 차리고 보니 2주라는 시간이 훌쩍 지난 상태였다.

"후우……."

오늘도 어김없이 사냥을 반복했다.

현재 레벨 37. 이제는 그나마 조금은 느껴지던 작은 위협조차 사라지고 말았다.

왜냐고?

오늘 아침, 스켈레톤 소환 레벨이 오른 덕분이다.

[전용 스킬]

[스켈레톤 마스터리 3Lv(15%)]

스켈레톤의 공격력과 방어력이 3퍼센트 상승한다.

[스켈레톤 전사 소환 4Lv(0.1%)]

검에 소질이 있는 스켈레톤 8마리를 소환할 수 있다. 기술의 레벨이 높아질수록 소환 가능한 숫자와 10초당 소모되는 MP가 증가한다.

-현재 10초마다 소모되는 MP : 개체당 3

[스켈레톤 아처 소환 4Lv(0.1%)]

활에 소질이 있는 스켈레톤 4마리를 소환할 수 있다. 기술의 레벨이 높아질수록 소환 가능한 숫자와 10초당 소모되는 MP가 증가한다.

-현재 10초당 소모되는 MP : 개체당 3

[정신 감응 2Lv(87%)]

생각만으로 명령을 내린다. 기술의 레벨이 높아질수록 복잡한 수준의 명령이 가능해진다.

[시야 확보 2Lv(35%)]

소환수의 위치와 상황을 한 눈에 파악할 수 있다. 기술의 레벨이 높아질수록 파악이 가능한 숫자와 위치가 넓어진다.

이외에도 사체 분해와 뼈 조립까지 전체적으로 성장한 상태다.

무엇보다도 스켈레톤을 12마리나 소환할 수 있게 되면서 전력이 엄청나게 상승해 버렸다.

반면 10초당 소모 MP는 그대로였다. 이건 소환 레벨이 10이 될 때까지 유지될 것이었다. 그래도 부담스러운 건 마찬가지겠지만.

아무튼 이제 오우거 한 마리는 무혁이 끼어들지 않아도 사냥이 가능해졌다.

검뼈 전원 공격.

활뼈, 연사.

무혁은 그저 지켜만 봤다.

8마리의 검뼈가 오우거를 동그랗게 둘러싸고 검을 휘두른다. 오우거 역시 검뼈를 공격했으나 한 번에 가격할 수 있는 검뼈의 수가 기껏해야 네 마리였다. 그것도 위에서 아래로 내려치면 한 마리가 전부였고 횡으로 휘둘러야 그나마 네 마리의 검뼈가 타격을 받고 뒤로 날아가는 수준이었다.

그 와중에도 나머지 네 마리의 검뼈가 검을 내질러 오우거를 공격하니 대미지가 꾸준히 쌓였다. 거기에 뼈 화살까지 쉼 없이 날아드니 버텨낼 재간이 없으리라.

크워어어어!

분노하면 뭐 하는가, 해결법이 없는데.

크워어…….

결국 오우거는 힘없이 쓰러지고 말았다.

저벅.

놈에게 다가가 스킬을 사용했다.

"사체 분해."

획득한 오우거의 뼈로 뼈 조립을 실시했다.

[활뼈2의 힘이 줄어듭니다.]

[손재주의 영향을 받아 0.07의 하락이 이뤄집니다.]

[활뼈2의 힘이 상승합니다.]

[손재주의 영향을 받아 0.22의 상승이 이뤄집니다.]

사냥을 할수록 무혁도, 소환수도 강해져 갔다.

조금씩이지만 확실하게 말이다.

무혁이 알고 있는 특수 던전의 레벨은 40이다.

3개만 더 올리면 돼.

현재 37레벨에 경험치는 95퍼센트가량이었다. 1주일 정도만 고생하면 40을 달성할 수 있으리라.

그러면 알고 있는 특수 던전에 들어갈 수 있게 된다. 그곳에서 좋은 아이템이나 특별한 보상을 얻어 한층 더 강해진 상태로 오우거가 아닌 다른 몬스터를 사냥할 생각이었다.

"야, 들었어?"

"뭐를?"

그런데 의외의 말이 들려왔다.

"이 근처에 던전 있잖아."

"그래? 레벨이 몇인데?"

"38이라던가?"

38레벨 던전의 존재를 알게 된 것이다.

이 근처라고?

무혁은 알지 못하는 정보였다. 전신마비인 상태에서 일루전에 푹 빠져 살았다고는 해도 이 넓은 세계의 전부를 알 수는 없는 법이었으니까.

게다가 38레벨 던전이라. 경험치 5퍼센트만 올리면 된다. 마음이 혹할 수밖에 없었다.

“에이, 우리는 못 가네.”

“쩝, 그렇긴 하지.”

“근데 어딘데?”

“오우거 사냥터 중앙이래.”

“허얼, 거긴 트윈 오우거 나오는 곳 아냐?”

“맞아.”

“미친, 38레벨 던전이 무슨 그딴 곳에 있어.”

트윈 오우거. 레벨 50에 해당하는 괴물이다.

10만 랭킹에는 들지 못하지만 100만 랭킹에 드는 고수들이 사냥하는 몬스터라고 보면 된다. 전 세계 10억의 인구가 즐기는 게임에서 100만이다. 무려 0.1퍼센트의 상위 유저라는 소리다.

10만 랭킹에 드는 자들은 0.01퍼센트의 초고수라는 뜻이니, 얼마나 대단한지 또 얼마나 많은 이가 일루전을 즐기고 있는지 그 수치만으로도 충분히 알 수 있었다.

“근데 피닉스 길드가 점령했다지?”

“하아, 더러운 놈들.”

“근데 웃긴 게 뭔지 아냐?”

"뭔데?"

"벌써 1주일 동안 점령만 하고 있다는 거지."

"1주일 동안 점령만?"

"응, 뭐 탐색조라도 넣은 모양인데 꽤 오래 걸리나 봐."

"쳇, 아예 영영 나오지 마라."

"이참에 우리도 길드 하나 만들까?"

"아서라, 뱁새가 황새 쫓다가 가랑이 찢어진다."

"이 자식이 말을 해도……."

무혁이 몸을 일으켰다.

오우거의 숲 중앙.

위치는 파악했다.

일단 38부터 찍자.

스켈레톤을 소환하여 오우거를 사냥했다.

2시간이 조금 더 흘렀을까? 드디어 남은 경험치를 모두 올리고 38레벨을 달성할 수 있었다.

무혁은 스켈레톤을 역소환한 후 곧바로 숲 중앙으로 걸음을 내디뎠다.

오우거가 나타나는 구역에는 여전히 유저가 바글거렸다. 덕분에 무혁은 오우거의 방해를 받지 않고 중심지에 도착할 수 있었다.

여긴가.

겨우 한 걸음 차이였지만 분위기가 극명하게 갈렸다. 중심지에 발을 들이는 순간 어깨를 짓누르는 압박감을 느꼈다.

트윈 오우거?

고개를 돌렸으나 아무것도 없었다.

뭐지?

의문과 함께 조심스레 걸음을 옮겼다.

얼마 걷지 않아 발견할 수 있었다. 압도적인 수를 자랑하고 있는 피닉스 길드원을 말이다.

제3장
과거의 악연?

트윈 오우거 수십 마리가 달려들고 있었다. 그럼에도 그들은 여유로웠다.

"1단이 처리해."

"예."

1단장과 그 단원들이 나섰다. 그들의 숫자만 무려 백 명. 그것도 전원이 40레벨 중후반이었다.

"1, 2조 준비!"

얼마간의 시간이 흐르고.

"공격!"

무수한 마법과 화살이 하늘을 수놓았다.

콰과과광!

그것들이 트윈 오우거를 때렸다.

치솟은 후폭풍.

하늘로 솟구치는 먼지가 트윈 오우거의 절규를 잠재웠다. 그뿐인가. 불어오는 바람에 고개를 숙이게 되고 짧지만 강력했던 폭발음이 아직도 여운으로 남아 머릿속을 멍하니 만든다.

그야말로 압도적인 광경.

"후아……."

무혁조차 눈이 커졌다.

이보다 더한 장관도 영상으로 많이 봤지만 실제로 보는 건 처음이다. 정신을 차릴 수가 없었다.

"3, 4, 5, 6조 앞으로!"

"우와아아아!"

끝이 아니었다.

검과 방패를 지닌 이들이 트윈 오우거를 향해 달려들었다. 마치 성난 황소가 양떼를 짓밟는 것만 같았다. 이미 엄청난 대미지를 받아 피폐하게 변해버린 트윈 오우거가 돌진하는 유저들의 대미지를 견뎌내지 못하고 우후죽순처럼 쓰러졌다.

"그만!"

순식간에 정리가 끝났다.

"트윈 오우거의 분비물부터 회수해."

"예."

무혁의 눈이 빛났다.

트윈 오우거의 분비물. 그것으로 반경 1㎞ 내에 존재하는 모든 트윈 오우거를 불러 모을 수 있다. 분비물 냄새를 맡은 트윈 오우거는 본능적으로 그곳으로 향하는 습성이 있었기 때문이다.

그런 정보를 알고 있다는 것만으로도 저들은 분명 대단했다. 상위 유저들은 벌써부터 각자만의 정보를 토대로 성장하고 있었던 것이다.

"회수 끝났습니다."

"좋아, 돌아간다."

1단이 돌아오자 피닉스 길드장이 고개를 끄덕였다.

"조금만 있으면 던전 탐색조 세 명이 복귀할 거다. 던전의 성향과 나오는 보상에 따라서 들어갈 인원을 임의대로 선발하도록 하겠다. 레벨이 낮은 던전이기에 유망주 위주가 될 수밖에 없다는 점은 알아두도록."

나무 기둥 사이에서 그 모습을 지켜보던 무혁이 미간을 찌푸렸다.

어렵겠는데…….

던전을 이용할 구멍이 조금도 보이지 않았기 때문이다.

조금 더 기다려 봐? 아니면 다른 방법을 찾아야 할까?

고민하는 그 순간이었다.

흠칫.

고개를 든 무혁의 시야로 피닉스 길드장의 얼굴이 확대되어 들어왔다. 그가 무혁을 바라보고 있었던 것이다.

그와 눈이 마주친 무혁은 바로 등을 돌렸다.

방법이 없어.

아무리 생각해 봐도 던전에 들어갈 길이 보이지 않는다. 38 레벨 던전이라 아깝긴 하지만 어쩔 수 없는 일이었다.

그렇게 여기고 오우거의 중심지를 벗어나려는데 갑자기 뒤에서 소란스러움이 느껴졌다.

뭐지?

걱정이 되었다.

설마 날 잡으라고 한 건 아니겠지?

조심스레 고개를 돌렸다.

스윽.

무혁이 생각하던 상황은 아니었다. 길드장 하루를 비롯한 피닉스 길드 자체가 혼란 상태에 빠진 것 같았다.

"공격이다!"

"모두 전투 태세!"

그들의 외침을 듣고서야 대략적으로 상황이 파악된 무혁이었다.

전투? 몬스터인가?

하지만 저 멀리 나타나는 그림자를 보면서 고개를 저었다.

유저다.

이곳에 모인 피닉스 길드의 수를 압도하는 엄청난 수의 유저들이었다.

그들을 보는 순간 무혁의 눈이 빛났다.

나무 사이에 숨어 있던 한 명의 유저를 발견했으나 눈이 마주치는 순간 그가 등을 돌렸기에 크게 신경 쓰지 않았다.

지금은 탐색조가 나오길 기다렸다가 바로 던전에 유망주를 집어넣는 것이 급선무였기 때문이다.

"음?"

그런데 그 순간 사방에서 기세가 느껴졌다. 다급히 고개를 돌려 주변을 살폈다.

뭐지……?

아무것도 보이지 않는다.

손을 들었다.

쉬잇.

그와 함께 피닉스 길드 전원이 입을 다물었다. 무겁게 가라앉은 분위기. 이상하리만큼 적막했다.

이 산에서? 몬스터의 괴성 소리도, 새의 지저귐도 없다.

대규모 유저?

생각이 끝나는 순간이었다.

으득……!

한눈에 봐도 현재 이곳에 모인 피닉스 길드 300명보다 훨씬 많은 유저가 하필이면 중앙을 둘러싸고 있는 분지에서 그 모습을 드러낸 것이다.

최소 500명이 넘어 보이는 그들은 모두 동일한 망토를 걸치고 있었다. 그 표식을 보는 순간 어디인지 파악할 수 있었다.

"가디언 길드……!"

서둘러 길드창을 열었다. 채팅으로 길드원 모두를 오우거의 숲으로 불렀다.

하지만…… 과연 동료들이 오기 전까지 저들을 막아낼 수 있을까?

고개를 거칠게 저었다.

막아야 해.

발견한 던전을 이렇게 허무하게 뺏길 순 없었다.

"모두 전투준비!"

힘을 실어 외치며 의지를 다졌다.

피닉스 길드의 탐색조가 곧 나올 것이다. 하필이면 그런 상황에서 가디언 길드가 공격 의사를 다분히 보이며 모습을 드러냈다.

무혁은 어쩌면 이 전투의 틈 속에서 던전에 들어갈 기회를 얻게 될지도 모른다고 여겼다.

들어가기만 하면 돼.

나올 때 기다리는 이들? 상관없다. 클리어 보상을 받은 직후 자살하면 되니까. 죽고 난 뒤 24시간 이후 접속하게 되면 최근 들렀던 마을의 신전에서 살아나게 된다. 투구를 착용하고 있으니 얼굴도 들키지 않는다. 그야말로 저들을 엿 먹이면서 동시에 빠른 성장을 할 수 있는 최고의 방법이었다.

물론 놈들의 추격을 받을 가능성도 있다. 하지만 그 정도 가치는 충분히 있었다. 무려 10일이 넘게 탐색조가 돌아오지 않는다는 것은 분명 난이도가 높다는 소리다.

어쩌면 특수 던전, 그 이상일지도 모른다. 욕심이 생기는 건 당연지사.

내가 갖는다.

물론, 기회가 온다면 말이다.

스윽.

무혁은 거리를 조금 더 좁힌 후 적당한 나무에 올랐다. 나뭇가지 위에 몸을 웅크리고서 최대한 기척을 숨겼다.

"돌격!"

피닉스 길드를 향해 돌진하는 가디언 길드가 보인다. 500명이 넘는 그들이 동시에 달려드는 모습만으로도 기가 질릴 지경이었다.

실제 학창 시절에는 한 반에 많아야 40명이 존재했다. 한 학

년이 10개의 반으로 이뤄졌다면 기껏해야 400명이다. 그들을 운동장에 세운 채 단상에서 바라보기만 해도 감탄사가 나올 것인데, 각종 무구를 착용한 성인 유저들이 살기를 뿌리며 달려든다? 감탄을 넘어 압도감에 짓눌려 버릴지도 모른다.

지금 피닉스 길드원이 그러했다. 자신들보다 두 배는 더 많아 보이는 이들이 각종 무기를 든 채 달려들고 있다.

가상의 세계이니 죽어도 괜찮다. 육체적인 타격은 아무리 받아도 거의 고통도 없다. 하지만 정신적인 혼란과 심리적인 변화까지 막을 수는 없었다.

"미친……!"

피닉스 길드장이 다급히 외쳤다.

"모든 단은 공격을 개시하라!"

그제야 단장들이 준비를 했다.

"1단 1, 2조 준비!"

"2단 1, 2조 준비!"

그렇게 5단의 1, 2조에 속한 마법사가 적을 날려 버릴 자기만의 주문을 외웠다.

곧이어 거대한 마나의 흐름이 사방에서 느껴졌다.

"공격!"

허공을 수놓으며 뻗어 나가는 마법 화살.

가디언 길드의 곳곳에 배치되어 있던 마법사들이 빠르게 캐스팅을 마무리했다. 그들은 2인 1조로 움직였으며 그 주위로 근접 직업으로 보이는 유저 다수가 포진한 상태였다.

그때 두 명의 마법사가 손을 뻗었다.

"스톤."

"스트렝스."

1서클의 간단한 마법이었다. 하지만 효과적이었다. 거대한 돌덩이가 생성됐고 곧바로 그 돌덩이 자체에 강화 마법을 걸어 버렸다.

강화 마법이 걸린 돌덩이는 날아오는 화살을 든든하게 막아 줬으며 연이어 부딪치는 마법에도 아주 잘 버텨줬다. 그러다 돌덩이가 깨지기 직전이 되면.

"실드."

돌덩이에 실드 마법을 펼쳐 깨지는 것을 막았다.

그사이 다시 캐스팅을 마치면서 또 하나의 돌덩이를 소환해 이중으로 쌓았다. 그 돌덩이에 강화 마법과 실드를 걸어 이어지는 공격에 대비했다.

콰과과광!

사방에서 폭발이 일어났다. 먼지가 치솟았으나.

후우웅.

가디언 길드의 피해는 극히 미미했다.

"돌격!"

"우와아아아!"

그들은 기세를 떨치며 더욱 빠르게 달려들었다.

피닉스 길드원은 긴장한 표정으로 진형을 유지한 채 계속해서 화살을 쏘아댔다.

그러다 더 이상 그럴 수 없을 정도로 거리가 좁혀졌을 때 근접 유저들을 내보냈다.

서로 어우러져 각종 무기가 부딪혔다.

카강! 카가강!

각종 기술이 난무한다.

도합 천여 명에 달하는 그들의 전투는 가히 경이로웠다.

전투에 정신이 팔린 걸까. 가디언 길드도, 피닉스 길드도 모두 서로에게만 집중했다.

무혁 역시 그들에게서 시선을 떼지 못하고 있었다. 그러다 문득 정신을 차리고 던전의 입구로 고개를 돌렸다.

어……?

그곳에서 유저가 나타났다.

나왔다……!

피닉스 길드의 탐색조가 던전을 클리어한 것이다.

지체할 시간이 없었다. 바로 나무에서 내려와 던전 입구로 달려갔다.

다른 이들은 모두 각자의 적에게만 신경을 쓰는 상태다. 다만 마음에 걸리는 것은 두 사람, 가디언 길드장과 피닉스 길드장이었다. 그들은 전체적인 전황을 살피고 있었기에 무혁의 움직임은 들통날 수밖에 없었다.

괜찮아, 거리가 꽤 되니까.

신경 써야 할 건 던전 입구에 위치한 자들이다.

세 명.

충분히 거리가 좁혀졌을 즈음.

"스켈레톤 소환."

검뼈와 활뼈를 소환했다.

활뼈, 전원 연사.

검뼈, 전원 돌격.

입구에 있던 세 사람이 당황한 표정을 짓는다.

"뭐, 뭐야?"

"일단 막아!"

무혁은 희미하게 웃었다.

탐색조라면 저들의 레벨은 38일 터.

스켈레톤과 함께하는 지금이라면 저들에게 절대로 막히지 않을 자신이 있었다.

파앙!

날아간 뼈 화살이 허공을 가른다. 한 명의 기사가 방패로 전신을 가리며 몸을 숙였다.

"크읍!"

충격에 뒤로 밀려났다.

"히, 힐!"

그가 다급한 표정으로 외쳤다. 하지만 사제는 고개를 갸웃거렸다.

겨우 화살 한 발뿐이었으니까. 그것도 스켈레톤이 날리는.

"뭐? 왜?"

"일단 힐부터……!"

그는 더 이상 말을 이어갈 수 없었다. 어느새 거리를 충분히 좁힌 검뼈1이 그의 방패를 바라보며 검을 위에서 아래로 내리 그은 탓이었다. 뒤이어 나머지 검뼈 역시 그 기사를 둘러싼 채 검을 내질렀다.

현재 검뼈들의 공격력은 100 중후반부터 120 후반까지 고루 분포되어 있다. 그 숫자만 여덟이니, 방패로 막더라도 HP가 무서운 속도로 닳을 것이 분명했다.

"이런, 미친……."

그가 할 수 있는 건 없었다. 단지 버텨내기 위해 부단히 노력할 뿐. 그사이 힐이 들어오긴 했지만 그것만으로는 부족했다.

순식간에 전신이 회색빛으로 물들더니 희미해지며 사라졌다. 말 그대로 녹아버린 것이다.

그가 사라진 자리를 바라보던 사제와 마법사는 당혹스러운 표정을 숨기지 못했다.

"어, 어떻게 된 거야……?"

그 순간 뼈 화살이 사제의 왼쪽 가슴에 박혔다.

[크리티컬이 터집니다.]

[186의 대미지를 입습니다.]

사제는 떠오른 메시지를 멍하니 바라만 봤다.

186……?

유저도 아니고 겨우 스켈레톤이다. 그런 녀석이 쏜 화살을 맞고 186의 HP가 빠져 버렸다.

키릭, 키리릭.

검을 덜커덕거리며 다가오는 스켈레톤이 너무나 두렵게 느껴졌다.

"파이어 월!"

그 순간 거대한 불의 장벽이 펼쳐졌다. 그나마 정신을 유지하고 있던 마법사가 펼친 공격이었다.

하지만 스켈레톤은 불의 장벽을 무시한 채 지나갔다. 그 탓에 HP가 상당히 빠졌지만 어차피 남은 유저는 둘. 저들만 처리하면 되기 때문이다.

"이, 이런!"

두 사람이 놀라며 옆으로 물러섰다. 그러자 던전 입구가 드러났다.

무혁의 눈이 커졌다. 두 사람을 처리할 필요도 없이 그냥 입구로 들어가기만 하면 되는 것이다.

검뻐, 돌진.

검뼈들이 두 유저에게 다가가는 동안 무혁은 지면을 차며 앞으로 내달렸다.

파밧.

던전 입구와의 거리가 빠르게 좁혀진다.

흠칫.

동시에 섬뜩한 기세가 느껴졌다. 고개를 돌리자 저 멀리 점처럼 작은 무언가가 포착되었다. 그것은 빠르게 커지더니 어느새 날카로운 촉이 되었다.

무시한다.

무혁은 속도를 높였다. 던전이 몇 걸음 앞에 있다. 날아오는 화살을 맞고 그냥 들어가기만 하면 된다고 생각했다.

푸욱.

화살이 등에 꽂혔다.

[스킬 '일격필살'에 적중당했습니다.]

[크리티컬이 터집니다.]

[928의 대미지를 입습니다.]

['둔화의 독'이 적용됩니다.]

[HP가 지속적으로 하락합니다.]

[움직임이 느려집니다.]

그런데 의외의 숫자가 시야에 들어왔다.

928……?

아무리 크리티컬이 터지고 또 강하기로 소문이 난 일격필살 스킬에 적중당했다고 하지만, 무려 60퍼센트에 달하는 HP가 닳아버릴 줄은 상상도 하지 못했다.

이건 너무하잖아?

무혁의 동공이 거칠게 흔들렸다.

아니, 당황하면 안 돼.

던전은 그야말로 코앞이었다.

몇 걸음만 가면 돼……!

그 순간 또다시 들려오는 파공성.

만약 동일한 대미지가 들어온다면 반드시 죽는다. 피해야만 하는데 그것도 쉽지가 않다. 둔화의 독으로 인해 움직임이 느려진 까닭이다.

빌어먹을……!

방법은 하나였다.

"흐아아압!"

무혁은 어금니를 깨물며 몸을 앞으로 던졌다.

던전 입구를 통과하기 직전.

스팟.

화살은 얄궂게도 무혁의 가슴에 꽂히고야 말았다. 그것도 심장이 있는.

가디언 길드장, 김바다.

그는 던전에서 피닉스 길드 소속의 탐색조가 나오는 순간 그곳으로 돌진하는 한 유저를 바라보며 미간을 찌푸렸다.

피닉스 길드원인가?

분위기를 보니 그건 아니었다.

어부지리를 노리는 거군.

던전에 입성하려는 것으로 보아 레벨은 38. 스켈레톤을 소환했으니 직업은 네크로맨서.

그렇다면 한 방에 죽일 자신이 있었다. 그래도 혹시 몰라 만반의 태세를 갖췄다. 먼저 둔화의 독을 바르고.

"유라."

"네."

"강화 마법 걸어줘."

강화 마법으로 대미지를 높인 후 2천 골드를 투자하여 구입한 활의 시위에 관통 효과가 붙은 마법 화살을 걸었다. 거기에 최근 레벨 55를 찍으면서 배운 스킬 '일격필살'까지 사용했다.

스탯과 무기로 인한 대미지만 200이 넘는 그였다. 그에 강화와 일격필살이 더해지고 크리티컬까지 뜬다면? 족히 1천에 가까운 압도적인 대미지를 입힐 수 있으리라.

미꾸라지는 처리해야지.

목표물을 겨냥한 후 시위를 놓았다.

파앙!

화살은 정확하게 목표물의 등에 꽂혔다. 크리티컬이 터졌다는 문구까지 떴다.

그런데.

“음?”

놈은 죽지 않았다.

눈썹을 꿈틀거린 김바다가 다시 시위에 화살을 걸었다.

체력이 1천이 넘어? 38레벨의 네크로맨서가?

이해가 되질 않았다.

이번엔 진짜로 죽겠지.

연사.

일격필살 스킬은 쿨타임으로 인해 사용할 수가 없다.

대신 연사 스킬로 세 대의 화살을 날렸다. 그것들은 마치 하나인 것처럼 일렬로 늘어서며 뻗어 나갔다.

목표물은 마침 던전 입구의 지척에 도달한 상태였다. 하지만 화살을 피할 순 없었다.

푸욱.

한 대의 화살이 가슴에 꽂혔다. 이번에도 크리티컬. 무려 400이 넘는 피해를 입혔다.

아쉽게도 연사로 쏘아 보낸 나머지 두 대의 화살은 허공을 갈랐다. 꽂히기 직전 목표물이 던전으로 사라진 탓이었다.

하지만 단 두 번의 공격으로 1,300이 넘는 HP를 빼버렸으니 네크로맨서인 이상 죽음을 면치 못하리라. 설령 네크로맨서가 아니라 평범한 기사라 할지라도 38레벨에 불과한 이상 그 정도 HP가 빠지면 십중팔구는 죽는다.

설마 네크로맨서가 기사와 동일한 체력을 지녔을 리는 없기에 그의 죽음을 확신하는 김바다였다.

스윽.

던전 입구에서 전장으로 시선을 옮겼다.

"유환."

"예, 길드장님."

"넌 저기로 가서 입구를 봉쇄해라."

"예!"

이제 전장만 정리하면 던전이 손에 들어오리라.

제4장
유니크 던전

바닥을 구른 무혁이 거칠게 웃었다.

"크, 크큭……."

현재 남은 HP는 250가량.

평범한 네크로맨서였다면 첫 번째 화살을 맞고 즉사했을 것이다. 하지만 무혁은 절대 평범한 네크로맨서가 아니었다. 일반적인 기사보다도 힘이 월등하게 높았으며 체력과 민첩 역시 뒤떨어지지 않는 수준이었으니까.

물론 살아남았다는 사실만으로 저렇게 웃는 건 아니었다. 이곳에 떨어지는 순간 떠오른 메시지 때문이었다.

[38레벨 '유니크 던전'을 발견했습니다.]

[던전 안에서 '경험치(50퍼센트)'와 '아이템 획득 확률(20퍼센트)'이 상승합니다.]

무려 유니크 던전이었다. 그래서 웃음을 참을 수가 없었다.

이런 행운이 오다니.

물론 단 두 번의 공격으로 죽을 뻔했다는 사실이 참담하기는 하다. 하지만 가디언 길드장 김바다의 레벨이 무려 55에 달한다는 것을 생각해 보면 살아남은 것만으로도 다행이었다. 훗날 시간이 흘러 레벨이 같아진다면 그때는 그를 압도할 자신이 있었다.

그러니까 지금은 참자. 인내하며 성장해야 한다. 그게 가장 중요했다.

"후우."

벽에 기대어 충분히 휴식을 취했다.

솔직히 이제 MP는 부족하지 않다. 소모되는 MP보다 회복되는 MP의 양이 더 많기 때문이다. 칭호와 그로이언의 반지 덕분이었다.

하지만 시간이 지나 소환 계열 스킬의 레벨이 증가하게 되면 초당 소모되는 MP는 걷잡을 수 없이 증가한다. 반면 지식과 지혜 스탯은 서서히 정체될 것이다.

그때가 되면 MP는 턱없이 부족하겠지.

물론 방법은 있다. 그로이언 세트 아이템을 구하는 것. 하지만 결코 쉽지 않을 것이다.

잡념을 털어낸다. 어느새 HP가 모두 차오른 탓이었다. 무혁은 자리에서 일어나 나아갔다.

두근.

벌써부터 가슴이 설레었다.

보상이 뭘까? 클리어를 하게 되면 무엇을 줄까? 던전의 형태는? 몬스터는?

얼마나 내려갔을까. 좁았던 길이 끝나갈 무렵.

치치칙.

묘한 소리가 들려온다.

뭔가가 오고 있어.

아직 보이지는 않았다. 무혁은 일단 스켈레톤을 모두 소환했다.

방어 모드.

이후 스켈레톤의 뒤에서 다가오는 녀석의 정체가 확실하게 드러나기를 기다렸다. 그런데 아무리 기다려도 모습이 보이지 않았다.

소리는 커지는데…….

그 순간 바닥에서 무언가가 툭 하고 튀어나왔다. 스켈레톤의 틈을 교묘하게 비집고서 말이다.

갑작스러운 공격에 놀란 무혁이 급하게 몸을 비틀며 지팡이로 날아오는 무언가를 막아냈다.

카강!

거친 쇳소리와 함께 그것의 정체가 드러났다.

1미터의 키를 지닌 두더지형 몬스터, 모울킹이었다.

긴 입과 날카로운 반달 모양의 발톱을 지닌 녀석으로 움직임이 날렵한 것은 물론이고 위협을 느끼면 땅을 파고 들어가는 탓에 죽이기가 쉽지 않았다.

하필이면…….

무혁의 미간이 찌푸려졌다.

이내 눈을 빛냈다.

잠깐, 저 녀석이 있다는 건…….

모울킹과 한 쌍인 몬스터가 곧 나타난다는 소리였다.

무혁은 눈을 빛내며 인벤토리에서 다급히 네 가지 물품을 꺼냈다.

마비의 독, 환각의 독, 출혈의 눈물, 약화의 마비.

그것을 소환수의 무기에 고루 발라줬다.

크르르…….

마침 기다리던 녀석의 소리가 들려왔다.

레드 베어. 모울킹과 한 쌍을 이루는 몬스터로 모울킹이 땅속을 넘나들며 적을 귀찮게 한다면 레드 베어는 거대한 몸집으로 무작정 밀어붙여 압살하는 스타일이었다.

우선순위는 명확했다.

활뼈, 연사.

레드 베어가 죽으면 모울킹은 도망친다. 잡기 어려운 모울킹을 노리기보다는 그나마 둔한 움직임을 지닌 레드 베어를 쓰러뜨리는 것이 네크로맨서인 무혁에게는 한결 수월한 일이었다.

검뻐, 앞으로.

물론 모울킹이 구경만 할 리는 없었다. 놈은 오직 무혁만을 노리며 공격을 시도했다.

치치치칙!

위아래 할 것 없이 사방에서 녀석이 날아들었다. 놈의 손톱과 스컬 지팡이가 부딪치면서 듣기 싫은 소리가 났다.

카강! 하는 울림이 연달아 이어지는 사이에도 무혁은 머릿속으로 스켈레톤을 지휘했다.

크워어어어!

키릭, 키리릭!

맹렬히 진격하는 레드 베어와 그를 상대하는 스켈레톤.

모울킹의 견제와 그것을 경계하는 무혁.

말로는 설명하기 어려운 기묘한 분위기의 전투가 이어졌다.

카가강!

무혁은 모울킹과 몇 번 부딪치며 확신했다. 힘은 상당히 약한데 확실히 움직임을 따라잡기가 버겁다.

넘어뜨리기만 하면 기회가 생길 것도 같은데 그게 생각처럼 쉽지가 않았다.

그 순간 등 뒤에서 느껴지는 섬뜩한 기세.

무혁의 눈이 빛났다.

등 뒤……!

기회를 놓치지 않고 서둘러 명령을 내렸다.

활뼈1, 주인 공격!

활뼈가 몸을 틀더니 무혁을 향해 뼈 화살을 날렸다. 거리가 짧았던 탓에 반응하고 뭐고 할 것도 없었다. 시위를 놓는 걸 보는 순간 바로 바닥에 납작 엎드렸다.

간발의 차로 뼈 화살이 무혁의 머리 위로 쏘아져 나갔다. 그것은 무혁의 등을 노리고 다가오던 모울킹의 가슴에 박혔다.

키에에엑!

놈은 허공을 날아 던전의 외벽에 부딪힌 후 바닥에 떨어져 꿈틀대고 있었다.

그사이 자리에서 몸을 일으킨 무혁이 놈에게로 달려들었다. 스컬 지팡이의 해골 머리를 눌러 검날을 튀어나오게 만든 후 그대로 눈알 하나를 찔러 버렸다.

푸욱.

크리티컬이 터졌다.

눈알에 박힌 검을 다시 뽑아 곧바로 반대쪽 눈알을 찔렀다.

[크리티컬이 터집니다.]

[290의 대미지를 입힙니다.]

[연속 크리티컬!]

[추가 대미지(10)를 입힙니다.]

고통에 겨워서일까. 모울킹이 손톱을 거칠게 휘둘렀다.
서걱.
손톱이 무혁의 신체를 스치자.

[80의 대미지를 입습니다.]
[81의 대미지를 입습니다.]
[79의 대미지를 입습니다.]

순식간에 세 번의 공격을 당하면서 HP가 240이나 줄어버렸다.
미친…….
하지만 물러설 수 없었다.
무혁은 다시 놈의 얼굴을 찔렀다.

[121의 대미지를 입힙니다.]

그 와중에도 두 번이나 공격을 당했다. 121의 대미지를 줬지만 무혁은 그보다 많은 160의 피해를 입었다.
손해다.
별수 없이 뒤로 물러났다.
검뼈1, 2 뒤로.
이후 검뼈에게 등 뒤를 맡긴 후 지휘에 집중했다. 틈이 보이면 거리를 좁힌 후 레드 베어에게 대미지를 주기도 했다.

크워어어어!

레드 베어는 분명히 강했지만 숫자에는 밀릴 수밖에 없었다.

검뼈 7마리에 활뼈가 4마리다.

대미지가 약하지 않느냐고? 아니, 충분하다. 무기를 바꾸면서 한 번 강해졌고 뼈를 교체하면서 또다시 강해졌다. 게다가 무혁이 성장하면서 덩달아 소환수의 스탯이 올라간 덕에 대미지는 분명하게 박히고 있었다.

소환수의 평균 대미지만 110 중후반. 레드 베어의 방어력을 60 정도로 본다면 한 번의 공격에 50에 가까운 피해를 입히는 것이다. 그런 소환수 11마리가 집중적으로 공격을 퍼붓고 있다. 한 번씩만 공격을 성공시켜도 500이 훌쩍 넘는 피해를 입히게 된다.

물론 레드 베어의 HP는 높다. 보통 파티를 이뤄 사냥해야 하는 만큼 유저의 HP와는 비교가 되지 않는다. 하지만 그 조금의 피해가 누적된다면 분명히 놈을 쓰러뜨릴 수 있으리라.

자, 다시…….

치치칙!

기회를 엿보던 무혁의 앞, 땅 속에서 모울킹이 갑자기 튀어 올라왔다.

흡!

황급히 몸을 피하면서.

검뼈1, 앞으로.

지시를 내려 검뼈를 앞으로 내보냈다. 검뼈1이 무혁을 대신하여 공격을 당했다.

모울킹은 한 번의 공격 이후 다시 땅 속으로 몸을 숨겼다. 무혁은 사라진 모울킹을 찾으려 애쓰지 않았다. 다만 앞으로 나아가며 레드 베어를 공격할 뿐이었다.

이후로도 마찬가지였다. 무혁은 더 이상 모울킹에게 신경 쓰지 않았다. 오직 레드 베어만을 집요하게 노렸다. 그럴수록 놈은 발광했고 검뼈 역시 한 마리씩 역소환을 당했다.

그 모습을 보면서도 멈추지 않았다.

더, 조금 더!

놈에게 무자비한 공격이 연이어 가해진다.

그 성과가 나타난 것일까. 놈의 움직임이 느려졌다. 둔화의 독으로 인한 게 아니었다. 지친 것이다.

얼마 안 남았어!

무혁은 공격에 박차를 가했다.

모울킹이 접근해 손톱을 휘두른 탓에 HP가 떨어졌지만 무시했다. 레드 베어의 지척에서 스컬 지팡이를 휘두르고 또 휘둘렀다. 그사이 다시 접근한 모울킹이 무혁의 옆구리를 노렸다.

젠장.

현재 HP가 많지 않은 상태였다. 계속 맞아줄 수는 없었다. 몸을 틀어 공격을 막아냈다.

카강!

발을 앞으로 내뻗어 놈의 복부를 찼다.

츠츠츳!

넘어진 녀석은 바로 땅을 파며 안으로 들어갔다.

무혁은 고개를 돌려 검뼈를 압박하고 있는 레드 베어를 다시 공격했다.

크, 크워어어……

그 노력이 통한 것일까. 레드 베어가 균형을 잃고선 옆으로 쓰러졌다. 놈의 얼굴에 지팡이의 검날을 꽂아버렸다.

푸욱.

꿈틀거리더니 이내 움직임이 멎었다.

[경험치를 획득합니다.]

레드 베어를 쓰러뜨린 것이다.

치지직……

모울킹의 소리가 빠르게 멀어졌다.

도망친 것이다.

무혁은 스켈레톤을 역소환하고 사체를 분해하여 재료를 획득했다.

[사체 분해를 종료합니다.]

[레드 베어의 뼈(×2)를 획득합니다.]

바로 뼈 조립을 실시하려는데.

음?

사라진 레드 베어의 자리에 반짝이는 무언가가 있었다.

뭐지, 이건?

동전 같은 그것을 집어 든 후 확인했다.

[던전 전용 화폐(10다이아)]

지정된 던전에서만 사용할 수 있는 화폐.

무혁의 눈이 커졌다.

이건…….

이런 화폐가 나온다는 건 던전이 1층으로 구성되어 있지 않다는 소리다. 적어도 2층, 운이 나쁘면 10층이 넘을지도 모른다. 하지만 힘든 만큼 클리어했을 경우 보상 역시 확실하다.

게다가 이런 던전은 생각보다 재미가 쏠쏠하다.

무엇이?

저벅.

지금 저 앞에서 다가오는 보부상이 지닌 물건을 살펴보는 것과 그 물건을 다이아로 구매하여 사용하는 것 전부.

무혁은 웃으며 보부상에게 다가갔다.

"아이고, 반갑습니다."

"네."

"에에, 그런데……."

보부상이 말을 흐린다.

"혹시, 혼자 들어오신 건가요?"

"그런데요?"

"오오, 이럴 수가!"

보부상이 놀람과 동시에 메시지가 떠올랐다.

[칭호 '혼자만의 여행'을 획득합니다.]

시작부터 이런 행운이라니.

아주 재미있는 탐험이 될 것 같았다.

피닉스 길드를 제압하고 드디어 던전을 확보했다.

가디언 길드장 김바다는 기쁨을 감추지 못한 채 38레벨의 유망주 100명을 모았다.

"파악하기로 이곳은 절대로 범상치 않은 난이도를 지닌 곳이다. 하지만 어려운 만큼 보상도 크겠지. 이곳에 들어간 너희들은 빠른 성장이 가능하다. 얻은 아이템은 필요에 따라 길드 간부에게 나눠 주겠지만 너희들도 얻는 게 있으니 섭섭한 마음을 갖지는 마라."

"예!"

솔직히 레벨 업이 어려운 일루전에서 레벨을 빨리 올릴 수 있는 것보다 더 좋은 혜택은 없었다. 그런 만큼 이곳에 있는 유망주 100명은 대부분이 불만이 없는 상태였다.

소수는 불만이 있긴 하겠지만 그들을 일일이 신경 쓸 수는 없는 일이었다. 마음에 들지 않는다고 표현하면 한 번 설득을 하고, 그래도 안 되면 길드에서 탈퇴시키면 그만이다. 어차피 길드에 가입하고자 하는 이는 많았으니까.

"길드 채팅으로 상황을 수시로 보내도록 하고."

"예!"

"좋다, 입장해라."

그들이 던전 앞으로 향했다.

길드 파티를 꾸린 그들은 동시에 같은 메시지를 들었다.

[던전 내부에 다른 그룹의 유저가 있습니다.]

[입장할 수 없습니다.]

선두에 섰던 유저의 표정이 당혹감으로 물들었다.

"뭐, 뭐야?"

다시 한번 손을 뻗었다. 역시 같은 메시지를 볼 뿐이었다.

"……!"

그제야 이상한 기류를 감지한 김바다가 다가왔다.

"왜 그러지?"

"길드장님……."

"그래, 말해."

"던전 내부에 다른 유저가 있어서 입장할 수 없다고 나오는데요."

"뭐……?"

김바다 역시 황당한 표정이었다.

순간 스치는 기억.

설마, 그 녀석이……?

분명 네크로맨서였다. 자신의 공격을 두 번이나 맞고 살아남을 순 없는 법이었다. 하지만 놈이 아니라면 설명할 길이 없는 것도 사실이었다.

"도대체, 도대체……!"

절로 화가 솟구쳤다. 최근 제대로 되는 일이 하나도 없었다.

"다시 확인해 봐."

"알겠습니다."

38레벨의 길드원이 몇 번이고 시도했지만 결과는 바뀌지 않았다.

"으아아아아악! 빌어먹을! 빌어먹을!"
크게 분노를 터뜨린 그가 명령했다.
"그 새끼 나올 때까지 대기한다."
눈에 핏발이 선 채로.

무혁은 먼저 칭호부터 확인했다.

[혼자만의 여행]
-던전에서 모든 능력치 5퍼센트 상승.

던전에서만 적용되는 칭호였다.
나쁘지 않아.
대미지가 조금이라도 더 올라가게 되면 조금이라도 더 빠르게 던전 클리어가 가능해진다. 길게 본다면 상당한 이득이 되리라.
"물건 좀 볼 수 있을까요?"
"아, 물론이죠!"
보부상이 손을 내밀었다.
"잡으시면 됩니다."
손을 잡으니 홀로그램이 떠올랐다. 각종 물품이 나열되어 있었다.

호오…….

하나씩 천천히 살펴보기 시작했다.

[해당 던전 전용 아이템 리스트]

[즉시 사용 발현 아이템]

-힘의 물약(20다이아) : 10분 동안 힘(3)이 증가한다.

-민첩의 물약(20다이아) : 10분 동안 민첩(3)이 증가한다.

-체력의 물약(20다이아) : 10분 동안 체력(3)이 증가한다.

-지식의 물약(20다이아) : 10분 동안 지식(3)이 증가한다.

-지혜의 물약(20다이아) : 10분 동안 지혜(3)가 증가한다.

-신체 각성(100다이아) : 모든 스탯이 5분 동안 10퍼센트 상승한다.

[일회성 아이템]

-폭발의 구슬(20다이아) : 구슬을 던져 반경 5미터 내의 몬스터에게 대미지의 50퍼센트에 해당하는 피해를 입힌다.

-관통의 화살(10다이아) : 관통 능력이 부여된 화살이다. 몬스터에게 피해를 입힌 후 10분이 지나면 관통 능력이 사라진다.

-관통의 단검(10다이아) : 관통 능력이 부여된 단검이다. 몬스터에게 피해를 입힌 후 10분이 지나면 관통 능력이 사라진다.

-폭발의 빛(20다이아) : 3분 동안 무기에 폭발 대미지가 부여된

다.

[던전 업그레이드 0Lv]

모든 대미지가 0퍼센트 상승한다.

-1Lv(10다이아) : 모든 대미지가 0.5퍼센트 상승한다.

그 외에도 여러 가지가 있었지만 더 살펴보진 않았다. 무혁의 시선은 이미 무언가에 사로잡힌 상태였기 때문이다.

"엄청 많네요."

"물론이죠. 이곳에서만 통용되는 대신 아주 강력하답니다."

"일단 하나만 구입하죠."

"탁월한 선택입니다. 무엇을 원하십니까?"

무혁이 웃으며 말했다.

"던전 업그레이드를 1레벨로 올리겠습니다."

보부상의 표정이 미묘해졌다.

"업그레이드를요?"

"네."

"흐음, 효과가 너무 미미한데……."

"괜찮아요."

"뭐, 알겠습니다. 구매자가 그렇다면야."

무혁은 10다이아를 건넸고 보부상이 그것을 받았다.

[던전 업그레이드가 1Lv로 상승합니다.]

[유저 혹은 유저와 연관된 모든 소환수 계열의 대미지가 0.5퍼센트 상승합니다.]

지금은 이거면 족하다. 던전 업그레이드를 본 순간 목표가 정해졌다. 다이아를 모아 그것으로 던전 업그레이드를 10레벨로 만드는 것.

그래, 10레벨만.

그때가 되면 비밀 하나가 드러날 것이다.

"검뼈7, 소환."

생각의 정리를 마치고 검뼈를 소환하여 뼈 조립을 실시했다.

[검뼈7의 체력이 줄어듭니다.]

[손재주의 영향을 받아 0.17의 하락이 이뤄집니다.]

[검뼈7의 체력이 상승합니다.]

[손재주의 영향을 받아 0.37의 상승이 이뤄집니다.]

스탯이 생각보다 크게 상승했다.

검뼈7, 8은 최근에 소환할 수 있게 된 탓에 뼈 조립을 거의 실시하지 못했었다. 그런 상황에서 갑자기 강한 몬스터인 레드 베어의 뼈로 교체하니 크게 상승할 수밖에 없었다. 해서 이곳에서는 검뻐7, 8과 활뻐4를 위주로 성장시킬 생각이었다.

"역소환."

다시 앞으로 나아갔다.

츠츠츳.

나타난 몬스터는 역시나 동일했다. 모울킹과 레드 베어였다.

던전에서만 3일이 흘렀다. 어제에 이어 오늘도 새벽 1시까지 죽어라 사냥만 했다. 피곤에 절은 상태로 침대에 누우니 바로 잠에 취할 수밖에 없었다.

아침 7시, 알람 소리에 맞춰 일어난 무혁은 세수로 정신을 차리고 사과 하나를 먹은 후 헬스장으로 향했다. 그곳에서 충분히 운동을 하고 샤워를 하니 정신이 들었다.

집으로 돌아가는 길, 주머니에서 진동이 느껴졌다.

민우네?

통화 버튼을 눌렀다.

"여, 오랜만이다."

-그래, 뭐 하냐?

"운동하고 집으로 가는 중."

-열심이네. 요즘도 일루전 잘 하고 있냐?

"당연하지."

성민우였다.

-레벨은?

"이제 38이야."

-허얼, 38이라고?

"응."

-야, 얼마 전까지만 해도 31이었는데, 벌써 38이라고? 이거 완전 미쳤네. 무슨 렙업 속도가 그렇게 빨라?

"초반에 이득을 본 게 꽤 도움이 되네."

-허어, 같이 사냥이나 할까 했더니.

"그래? 레벨 몇인데?"

전에 모였을 때가 32였다.

-지금 36이야.

그래도 레벨 4개는 올렸다는 소리다.

"오? 꽤 빠른데?"

-미치도록 했거든. 근데 그래도 너한텐 안 되네.

"운이 좋았지. 아무튼 지금은 안 되고, 한 일주일 뒤에 같이 사냥하자."

-좋지, 그때까지 꼭 38 만들고 만다!

의욕을 불태우는 모습을 보니 괜히 즐거워졌다.

뭐, 난 따라잡히면 안 되겠지? 그렇게 서로를 자극하면서 나아가는 재미도 있을 테니까.

"그래, 그럼 그때 보자."

-오케이!

전화를 끊은 무혁은 오랜만에 상쾌한 기분으로 일루전에 접속했다.

[일루전의 세계에 오신 것을 환영합니다.]

접속하자마자 다이아부터 확인했다. 그동안 레드 베어를 계속해서 잡았지만 다이아는 좀처럼 드랍되지 않았다. 그 탓에 지금까지 모은 다이아는 겨우 150개뿐이었다. 한 번에 10개를 주니 15번 드랍되었다고 보면 되는 것이다.

드랍률이 얼만 거야 도대체.

극도로 낮다는 사실만 깨달을 뿐이었다.

짜증이 나는 건 보부상도 좀처럼 나타날 생각을 하지 않는다는 것이었다. 그를 만나기 위해 왔던 길을 되돌아가기도 했지만 입구에 도달했음에도 보부상의 모습은 어디에서도 보이지 않았다.

결국 앞으로, 또 앞으로 나아갈 수밖에 없었다.

오늘은 한 번 봤으면 좋겠는데…….

이미 목표로 했던 다이아의 수량도 맞춰진 상태였으니까.

아무튼 무혁은 앞으로 나아갔다.

저벅.

모울킹과 레드 베어가 등장했다.

아직은 사냥하는 것이 좀 힘들었다. 무혁의 스펙이 그대로였기 때문이다. 어제와 다를 바 없는 치열한 접전 끝에 레드 베어를 수십 마리나 사냥했다.

그 덕분일까.

[레벨이 상승합니다.]

레벨 하나가 올라 39가 되었다.

그동안 드랍된 다이아는 20개. 총 170개의 다이아가 모인 상태였다. 그럼에도 보부상이 나타나지 않아 다이아를 모아두기만 해야 하는 상황이었다.

언젠간 나오겠지.

그렇게 스스로를 다독이며 다시 레드 베어를 사냥했다.

크워어어어!

여전히 버거운 면이 있었다.

"후우……."

사냥을 마치고 자리에 앉아 휴식도 취할 겸 검 하나를 제작했다. 나쁘지 않은 옵션의 검 한 자루가 만들어졌다. 그것을 인벤토리에 넣은 후 잠시 벽에 등을 기대는 순간이었다.

음……?

바닥이 울리는 느낌이 들었다. 가만히 귀를 기울이자 그 울림의 소리가 조금씩 명확해졌다.

저벅.

분명 발걸음 소리였다. 고개를 들어 정면을 직시했다.

왔다……!

드디어 보부상이 나타난 것이었다.

"또 뵙네요."

"네, 물건을 좀 구매하고 싶은데요."

"물론이죠. 물품을 보여드릴까요?"

무혁은 고개를 저었다.

"업그레이드로 하죠."

"이번에도 말인가요?"

"네."

"흐음, 알겠습니다. 일단 상태를 보여드리죠."

홀로그램이 떠올랐다.

[던전 업그레이드 1Lv]

모든 대미지가 0.5퍼센트 상승한다.

-2Lv(11다이아) : 모든 대미지가 1퍼센트 상승한다.

무혁은 다이아 전부를 꺼냈다.

"170다이아로 올릴 수 있는 만큼 올리죠."

"허어, 진심이신지?"

"물론입니다."

"알겠습니다."

레벨이 빠르게 올라갔다.

[던전 업그레이드가 2Lv로 상승합니다.]

[유저 혹은 유저와 연관된 모든 소환수 계열의 대미지가 1퍼센트 상승합니다.]

[던전 업그레이드가 3Lv로 상승합니다.]

[유저 혹은 유저와 연관된 모든 소환수 계열의 대미지가 1.5센트 상승합니다.]

…….

무혁은 중간 메시지를 무시했다.

딱 하나.

10레벨만 확인했다.

[던전 업그레이드가 10Lv로 상승합니다.]

[유저 혹은 유저와 연관된 모든 소환수 계열의 대미지가 5센트 상승합니다.]

[1차 봉인이 풀립니다.]

[유저 혹은 유저와 연관된 모든 소환수의 모든 공격에 '관통 효과'가 부여됩니다.]

바로 이것이었다.

무혁이 기다리고 있던 던전 보부상의 봉인 시스템!

"업그레이드가 끝났습니다! 현재 던전 업그레이드의 레벨은 11이고요. 첫 번째 봉인을 푼 것에 대해 아주 아주 깊은 축하를 드립니다! 총 소모 다이아는 165개이며 5개는 돌려드리죠!"

5개의 다이아를 돌려받은 무혁을 보부상이 빤히 쳐다봤다.

"흐음, 정말 신기하군요."

"뭐가 말이죠?"

"마치 처음부터 이 비밀을 알고 있었던 것처럼 전혀 놀라지 않으시네요."

무혁은 딱히 할 말이 없었다. 변명이라도 할 수밖에.

"아뇨, 충분히 놀라고 있습니다. 제가 표현이 어색해서 그렇게 보이는 것뿐이죠."

"그런가요? 아무튼 알겠습니다. 부디 이 던전을 꼭 클리어하시길."

보부상과의 이야기를 끝내고 무혁은 다시 출발했다.

관통 효과. 과연 얼마나 사냥에 도움이 될 것인가.

기대하며 몬스터를 기다렸다.

저벅.

약 3분을 이동했을 때였다.

치치칙!

모울킹 특유의 소리가 들려왔다.

활뼈, 공격 준비.

그동안의 사냥으로 첫 번째 패턴만큼은 정확하게 파악했다. 놈은 반드시 무혁의 바로 앞, 땅 속에서 튀어 오른다. 지금까지는 그렇게 튀어나오는 걸 알아도 약간의 타격을 주는 게 전부였다.

하지만 지금은 관통 효과를 부여받은 상태. 무언가 다를지도 몰랐다. 그런 기대감으로 명령을 내렸다.

활뼈, 연사!

동시에 땅에서 모울킹이 튀어나왔다.

푸욱.

뼈 화살이 놈의 옆구리를 꿰뚫었다. 그 파괴력에 모울킹은 허공을 날아 그대로 동굴의 벽면에 부딪혔다.

처음 모울킹을 만났을 때도 저렇게 타격을 줬었다. 이후 무혁이 접근해서 공격했지만 놈의 손톱으로 인한 대미지를 버티지 못하고 물러섰었다.

지금은?

처음과는 명확하게 달랐다. 관통 효과가 부여된 뼈 화살이 모울킹의 살점을 모두 꿰뚫고 나가 동굴의 벽면에 박혀 버린 것이다. 그 탓에 모울킹은 꼬치처럼 매달린 형국이 되었다. 버둥거리면서 벗어나질 못하는 것이다.

"허어."

무혁은 감탄과 함께 걸음을 내디뎠다. 앞에 도착하니 놈이 손톱을 거칠게 휘둘러 댔다. 하지만 거리가 있어서 전혀 닿지 않았다. 반면, 무혁의 지팡이는 충분히 공격이 가능했다.

후웅.

바람을 가르며 지팡이가 모울킹의 몸통을 때렸다.

[관통 효과가 적용됩니다.]

[10퍼센트의 추가 대미지를 입힙니다.]

츠츳, 츠츠츳!

놈이 울부짖었다.

이번에는 해골 머리를 눌러 날을 튀어나오게 만든 후 가슴을 찔러봤다.

[관통 효과가 적용됩니다.]

[살점을 꿰뚫어 지속적인 피해를 줍니다.]

이게 바로 관통의 효과였다.

10피센트의 추가 대미지는 그리 대단하지 않다.

꿰뚫는다는 것. 힘이 부족해 할 수 없던 일을 할 수 있게 되었다는 게 중요한 것이다.

실제로 살점을 꿰뚫어 벽에 꼬치처럼 박아버릴 수도 있으며 또한 지속적인 피해까지 입히는 것이다. 모울킹을 잡기 위해선 필수적인 능력이라고 볼 수 있었다.

자연스레 무혁의 입가로 미소가 그려졌다.

이렇게 쉬워지다니.

덕분에 같은 시간 동안 레드 베어만이 아니라 모울킹까지 사냥이 가능해졌다. 경험치 역시 두 배는 빨리 올릴 수 있게 되었고 다이아 확보 역시 보다 더 용이해진 것이다.

두 번째 봉인도 빨리 풀어버려야겠어.

그러는 사이에도 무혁의 공격은 이어졌다. 그 탓에 모울킹의 전신이 벌써 은빛으로 물들었다. 한눈에 봐도 HP가 얼마 남지 않은 상태였다.

크워어어어!

그제야 도착한 레드 베어는 스켈레톤을 자동 모드로 전환하여 상대하게 했다.

잘 가라.

푸욱.

날이 연이어 꽂히며 모울킹의 몸이 늘어졌다.

[경험치를 획득합니다.]

사체 분해를 실시하고 떨어뜨린 다이아 10개를 회수한 후 방향을 틀었다. 스켈레톤과 상대 중인 레드 베어가 보였다.

검과 방패로 전면에서 압박하는 스켈레톤 전사가 여덟 마리. 화살을 날려 견제하는 한편, 꾸준히 대미지를 쌓는 아처가 네 마리.

한 마리씩 떼어놓고 본다면 레드 베어에게 짓밟히는 것이 지극히 정상인 소환수들이다. 하지만 얇은 나뭇가지라 할지라도 무수히 겹친다면 단번에 부러뜨리는 것이 쉽지 않은 법.

키릭, 키리릭!

무혁이 모울킹과 상대하느라 스켈레톤을 자동 모드로 전환했음에도 불구하고 검뼈와 활뼈들은 충분히 제몫을 해주고 있었다.

높아진 지혜로 인하여 그간의 전투 경험을 몸으로, 그리고 머리로 일정 부분 받아들인 덕분이었다.

흐음.

싸움의 양상은 나쁘지 않았다.

네 마리의 검뼈가 레드 베어를 포위한 채 방패를 내밀어 방어에만 집중하고 있었고 나머지 검뼈들은 방패를 지닌 검뼈의 뒤에 위치하여 검을 휘두르거나 내뻗는 중이었다.

수시로 날아드는 뼈 화살이 레드 베어의 움직임에 제약을 줬으며 그들의 무기에 발린 각종 보조물이 그런 일련의 행동을 조금 더 수월하게 만들어줬다.

크워어어어어!

답답했는지 레드 베어가 포효했다. 그렇다고 달라지는 건 없었다. 검뼈 다섯 마리가 역소환되기는 했지만 이미 레드 베어는 전투 능력을 상실한 채 비틀거리고 있었으니까.

저벅.

그제야 놈에게 다가가 마무리를 짓는 무혁이었다.

"사체 분해."

이번에도 뼈를 획득했다. 아쉽게도 다이아는 없었다. 몸을 일으켜 스켈레톤을 훑었다.

이제는 소환수보다는 전우와도 같은 느낌이랄까. 어느새 전우애를 느끼고 있었다.

"수고했다."

그래서 한마디 말을 남긴 후 모두 역소환시켰다.

이제 좀 쉬어볼까.

MP가 충분히 차오르기를 기다리며 무혁은 오늘도 노가다의 길로 빠져들었다.

카앙! 카앙!

검을 만든 후 경매장에 올리고.

치이익.

직접 만든 요리로 배를 채웠다.

사냥은 순조로웠다. 모울킹도, 레드 베어도 녹인다는 단어가 생각날 정도로 쉽게 잡아냈다. 이게 모두 관통의 힘이었다.

덕분에 하루가 지나기 전, 그러니까 현실 시간으로 자정 무렵.

"후아."

드디어 첫 번째 층 던전의 끝에 도달했다. 그곳에는 아래층으로 향하는 계단이 있었다. 무혁의 예상대로 2층 이상의 던전이었던 것이다.

지하 2층에서는 어떤 몬스터가 나타날 것인가.

관통 효과만으로 놈들을 상대할 수 있다면 좋겠지만 아마도 그럴 가능성은 낮았다.

던전 업그레이드의 25레벨은 찍어야 수월해지겠지. 그때가 되어야 2차 봉인이 풀린다. 그다음이 50이었나.

과거의 정보이기에 정확하지 않을 수도 있지만 대충 그와 비슷할 거라 짐작하는 무혁이었다.

그는 지하 2층으로 내려가기 전 인벤토리를 확인했다. 현재까지 모인 다이아가 100개 남짓. 던전 레벨을 네 개밖에 못 올리는 수량이었다.

15레벨이 한계라.

어차피 지하 1층 몬스터는 모두 처리했다. 리젠도 되지 않는다. 25레벨을 만들기 위해서는 결국 지하 2층 몬스터를 사냥할 수밖에 없었다.

그래, 내려가자.

계단을 통해 아래로 향했다.

저벅.

아래로 내려갈수록 어둠은 짙어졌다. 음침함이 물씬 풍겼다. 다행히 빛이 완전히 없는 건 아니어서 사물은 구분이 가능했다.

계단이 끝나는 지점에 도착해 닫혀 있던 문을 열자 생각보다 밝은 빛이 사방에서 모여들었다. 벽 곳곳에 박혀 있는 빛나는 돌 덕분이었다.

눈에 빛이 익으면서 내부가 제대로 시야에 들어왔다.

"으음……."

절로 신음이 새어 나왔다. 공기부터가 지하 1층과는 전혀 달랐기 때문이었다. 후끈함이 피부를 강하게 때려왔다.

단지 더운 것일까, 의문과 함께 전방을 살폈다.

이런…….

던전이라고는 생각할 수 없는 장소가 눈앞에 나타났다. 마치 드넓은 초원과도 같았다.

그 중앙에 위치한 분화구에서 새하얀 연기가 뿜어지고 있었다. 그것은 분명히 활화산이었다. 살아 있는 화산. 가끔 미미한 진동이 느껴졌는데 지금 당장 터진다고 하더라도 전혀 이상할 게 없어 보였다.

설마 터지진 않겠지…….

마음이 불안해졌다. 정말 화산이 터져서 죽어버릴지도 모른다. 최대한 서두르는 수밖에.

무혁은 빠르게 걸음을 내디뎠다.

중앙에 위치한 화산을 피해 최대한 빙 둘러서 이동했다. 그런데 그때 화산 바로 아래에 있던 중형견 크기의 돌덩이가 들썩거리기 시작했다. 놀란 무혁이 황급히 뒤로 물러서는 것과 동시에 그것은 새로운 형태를 모두 갖춰 버렸다.

불꽃으로 일렁거리는 골렘이었다. 크기는 1미터 남짓으로 골렘치고는 꽤 작았다. 문제는 그런 작은 불꽃의 골렘이 동시에 4마리나 태어났다는 사실이었다.

놈의 모습을 보며 무혁이 중얼거렸다.

"소형 아그니……."

불의 정령 아그니스로부터 파생된 몬스터, 아그니.

전신이 작은 돌덩이로 이루어져 있으나 불을 내뿜고 있기에 만만하게 볼 수 없는 몬스터다.

일반적인 아그니의 레벨은 75 정도. 하지만 소형 아그니는 37레벨 몬스터로 그보다 훨씬 작고 약한 힘을 지니고 있다. 문제는 동시에 여러 마리가 나타난다는 것.

설마 아그니도 있는 건가?

생각과 함께 고개를 저었다. 무려 70레벨 몬스터다.

그건 말도 안 되고…….

아무래도 저 활화산의 영향으로 소형 아그니가 탄생한 것이리라.

생각은 여기까지.

“스켈레톤 전사 소환, 스켈레톤 아처 소환.”

놈들이 넷이라면 무혁에겐 12마리의 소환수가 있다.

검뼈1, 2는 왼쪽으로.

검뼈3, 4는 중앙.

검뼈5, 6은 오른쪽.

검뼈7, 8은 뒤쪽.

활뼈는 한 마리씩 소형 아그니를 견제하도록 만들었다. 검뼈 두 마리와 활뼈 한 마리가 하나의 조가 되어 소형 아그니 한 마리를 상대하도록 만든 것이다.

무혁의 소환수는 대략 20레벨 후반에서 30레벨 초반 유저의 능력치를 지니고 있었기에 37레벨의 소형 아그니를 잡는 건 결코 쉽지 않았다.

일단 가까이만 가도 화염 대미지를 받아 HP가 닳았다. 게다가 소형 아그니는 원거리 공격까지 가능했고 대미지가 마법으로 적용이 되었기에 물리 방어력이 소용이 없었다. 마법 방어력이 취약한 스켈레톤과는 상극이라고 해야 할까.

검뼈1, 뒤로. 방패.

검뼈5, 물러나.

활뼈2, 연사.

검뼈2는 활뼈1 앞으로.

무혁은 상황을 보며 빠르게 지휘를 이어갔다. 만약 무혁의 지휘가 없었더라면 벌써 한 마리 이상의 스켈레톤이 역소환되었을 것이다. 그 정도로 마법 대미지를 지닌 몬스터는 까다로웠다.

난감하군.

무혁은 잠시 지휘를 멈추고 지팡이를 변형했다. 시위에 화살을 건 후 목표물을 조준한다.

파앙!

쏘아진 화살이 아슬아슬하게 아그니의 머리 위를 스치고 갔다.

젠장!

잠시 지휘를 멈춘 사이 검뼈7의 HP가 바닥을 달렸다.

검뼈7, 물러나!

무혁은 지면을 차서 검뼈7이 있던 자리를 대신 차지했다. 이후 스컬 지팡이를 위에서 아래로 휘둘렀다.

무혁의 높은 대미지가 소형 아그니를 가격하자 몸체를 이루고 있던 돌덩이가 조각나며 바닥으로 떨어졌다.

그런데 뒤로 물러난 아그니가 손을 뻗자 바닥에 떨어졌던 조각들이 날아올라 놈의 몸에 붙어 원래의 형태로 돌아갔다.

젠장, 핵을 부숴야 해.

사람으로 치자면 배꼽 부위에 위치해 있는 핵, 그것을 노려야 한다.

딸칵.

해골 머리를 눌러 날을 튀어나오게 만들었다.

검뼈8, 방패 돌진.

스켈레톤이 방패로 돌진하여 소형 아그니의 중심을 흔들어 놓았다.

검뼈8의 뒤에 바짝 따라붙었던 무혁이었기에 그 빈틈을 놓치지 않고 정확히 핵이 있을 위치를 바라보며 지팡이를 내뻗었다.

푸욱.

날이 제대로 파고들었다.

[크리티컬이 터집니다.]

[256의 대미지를 입힙니다.]

[핵을 파괴했습니다.]

[전체 HP의 50퍼센트가 하락합니다.]

[회복 능력이 사라집니다.]

단번에 핵을 부숴 버린 덕분에 아그니는 잠시나마 경직 상태가 되었다. 무혁은 지팡이를 무자비하게 휘둘렀다.

퍽, 퍼버벅!

놈이 경직에서 풀리기 전에 처리할 수 있었다.

다행이었다. 핵의 위치를 알고 있었으니 이처럼 쉽게 처리했지, 아니었다면 엄청나게 고생했을 것이다.

후우웅.

그런데 뭔가가 이상하다.

쓰러진 소형 아그니의 몸체가 크게 진동하기 시작했다. 그러더니 작은 돌멩이들이 사방으로 튀었다.

무혁은 본능적으로 팔을 들어 얼굴을 가렸다.

"……."

별다른 타격은 없었다.

천천히 팔을 내리는데 눈앞에서 벌어지고 있는 장면에 넋을 잃고 말았다.

큐우!

주먹 정도 크기는 될까? 너무나 작은 초소형 아그니 백여 마리가 주변을 돌아다니고 있었다.

놈들의 시선이 천천히 무혁과 스켈레톤에게로 옮겨졌다. 고개를 갸웃거리더니 이내 적의를 보이며 달려들기 시작했다.

놀란 무혁이 황급히 지팡이를 휘둘렀다.

키엑!

한 번의 공격에 초소형 아그니 한 마리가 사라졌다.

뭐, 뭐야……?

소형 아그니를 잡았더니 초소형 아그니 백여 마리가 나타난다는 정보는 어디에서도 들은 적이 없었다.

때문에 꽤나 당황한 무혁이었지만 그렇다고 날아드는 초소형 아그니의 공격에 당하고만 있진 않았다.

물론 수가 워낙 많아서 전부 막아낼 순 없었다.

[대미지를 입습니다.]
[HP(10)가 하락합니다.]
[대미지를 입습니다.]
[HP(10)가 하락합니다.]
[대미지를……]

다행스럽게도 공격력이 매우 낮았다. 덕분에 당혹스럽던 감정이 많이 희석되었다.

일단 거리부터.

냉정함이 자리를 잡는다. 서둘러 거리를 벌린 후 놈들을 관찰했다. 거리가 멀어지니 공격을 해오지 않았다. 고민하다가 놈들에게 다가가려는 순간.

큐우.

묘한 소리를 내며 초소형 아그니 백여 마리가 동시에 사라졌다.

"……."

이어지는 메시지.

[경험치가 상승합니다.]

뒤늦게 소형 아그니의 경험치가 들어온 것이다.

또 한 번 한 마리의 소형 아그니를 죽였다. 이번에도 초소형 아그니가 등장했다.

무혁은 처음과는 달리 놈들을 빠른 속도로 죽여 나가기 시작했다. 시간이 어느 정도 흐르자 남은 초소형 아그니가 사라졌다. 그제야 무혁은 바닥에 떨어진 무언가를 발견할 수 있었다.

다이아!

일단 놀고 있는 검뻐와 활뻐를 다른 소형 아그니에게 붙인 후 바닥에 떨어진 다이아를 주웠다.

[다이아 1개를 획득합니다.]

[다이아 1개를 획득합니다.]

[다이아 1개를 획득……]

그러면서 생각이 정리가 되었다.

소형 아그니는 죽으면 초소형 아그니를 만들고 초소형 아그니는 죽으면서 다이아 1개를 떨어뜨린다. 꽤 많은 초소형 아그니가 만들어지지만 다 잡을 수는 없다. 일정 시간이 지나면 사라지기 때문이다.

다이아의 드랍률은 1층보다는 높다. 다만 1개씩 떨어뜨리기에 큰 차이를 느낄 순 없었다. 만약 초소형 아그니 전부를 잡는다면 보다 빠르게 다이아를 모을 수 있을 것 같았지만 말이다.

마지막으로…….

초소형 아그니는 특수 몬스터일 가능성이 높았다. 어디에서도 초소형 아그니에 관해 들어본 적이 없었다.

물론 모든 몬스터를 다 아는 건 아니었기에 확신은 할 수 없었지만 무수한 영상을 보면서 누구보다도 많이 몬스터에 대해 알고 있다고 자부했다.

그런 무혁이 아예 듣지도 보지도 못해본 몬스터라면 확실히 이상하다고 말할 수 있으리라.

뭐, 곧 알게 되겠지.

다이아를 모두 주운 후 지팡이를 고쳐 잡고 상황이 좋지 않아 보이는 곳으로 이동했다.

검뼈4, 방패 돌진.

아까와 마찬가지의 방법으로 아그니의 핵을 공격했다.

[128의 대미지를 입힙니다.]

실패했지만 개의치 않았다.

연이어 핵을 노렸다.
두 번의 공격이 더 이어지고.

[핵을 파괴했습니다.]
[전체 HP의 50퍼센트가 하락합니다.]
[회복 능력이 사라집니다.]

경직된 상태의 놈을 처리했다.
큐우!
사방에서 나타난 초소형 아그니들.
서걱.
한 번의 공격에 한 마리의 초소형 아그니가 목숨을 잃었다. 놈들은 죽을 때마다 꽤 높은 확률로 다이아를 떨어뜨리고 있었다. 뭐랄까, 마치 다이아를 획득하기 위한 보너스 판이라는 느낌까지 들 정도였으니까.
하지만 안타깝게도 놈들을 다 처리하기도 전에, 아니, 반의 반도 죽이지 못했을 때 사라지고 말았다.
아까웠다. 너무나도 아까웠다.
저게 다이아가 몇 갠데…….
그렇다고 사라진 놈을 다시 불러낼 수도 없었다.
"하아."
한숨과 함께 남은 마지막 한 마리를 매섭게 바라볼 뿐이었다.

이번엔 무조건 다 잡는다.

이윽고 또 한 마리의 아그니를 처리한 후.

검뼈 전원, 공격 중지.

활뼈 전원, 공격 중지.

전원 앞으로 이동.

스켈레톤들에게 빠르게 명령을 내렸다. 그 순간 초소형 아그니 백여 마리가 태어났다.

활뼈 전원, 연사.

검뼈 전원, 돌진!

검뼈, 공격!

무혁도 움직였다.

지팡이가 매섭게 허공을 가른다.

퍽, 퍼버벅!

이번에는 공격하면서 시간을 헤아려 봤다.

20초, 21초, 22초.

그렇게 30초가 되었을 때.

큐우.

초소형 아그니가 사라졌다.

이번에는 대략 절반에 해당하는 놈들을 처리했지만 여전히 처리하지 못한 아그니가 너무나 아깝게 느껴졌다. 다 잡기만 한다면 다이아가 엄청난 속도로 모일 것이 분명했기 때문이다.

그러면 보다 더 빠르게 강해질 것이고 던전 클리어 속도 역시 높아지리라.

[다이아 1개를 획득합니다.]
[다이아 1개를 획득…….]

무혁은 다이아를 모두 주운 후 정신적인 휴식을 위해 자리를 잡고 앉았다.
"역소환."
이후 1회용 제작 도구를 꺼냈다.
타앙!
망치를 들고 휘둘렀다.
거친 쇳소리가 울렸다.

[결을 맞혔습니다.]
[진행도(3.8퍼센트)가 상승합니다.]

몇 번 망치를 휘두르니 어느새 깊게 빠져들었다.
타앙! 타앙!
오직 검을 제작하는 것에만 몰두했다.
그때였다.

[결을 정확하게 맞혔습니다.]

[진행도가 2배로 적용됩니다.]

[진행도(7.8퍼센트)가 상승합니다.]

[7연속으로 결을 맞혔습니다.]

[보너스 진행도(0.6퍼센트)가 상승합니다.]

메시지가 떠올랐으나 무혁은 보지 못했다. 일일이 확인하는 게 귀찮아서 제작을 할 경우에는 메시지를 꺼놓기 때문이었다. 덕분에 집중력이 깨지지 않았다.

[결을 정확하게 맞혔습니다.]

[진행도가 2배로 적용됩니다.]

[진행도(7.6퍼센트)가 상승합니다.]

[2연속으로 결을 정확하게 맞혔습니다.]

[고도의 집중력이 발휘되어 완벽한 망치질을 이뤄 냈습니다.]

[최초의 업적입니다.]

[칭호 '행운의 제작자'를 획득합니다.]

[8연속으로 결을 맞혔습니다.]

[보너스 진행도(0.7퍼센트)가 상승합니다.]

[검이 완성됩니다.]

[칭호의 효과가 적용됩니다.]

무혁이 한 번 더 망치를 내려치려는 순간 갑자기 검이 완성되었다.

"……?"

무혁의 눈에 의아함이 깃들었다. 메시지를 보지 못한 상태라 왜 벌써 검이 제작되었는지 이해하지 못한 것이다.

갸웃거리며 검을 확인했다.

[혼이 담긴 장검]

공격력 69

추가 대미지 +10

힘 +3

내구도 150/150

옵션이 눈에 들어온다.

뭐지?

이해가 되지 않았다.

공격력이 69? 게다가 그 아래의 옵션은 도대체 뭔가. 추가 대미지가 무려 10이라니. 뿐만 아니라 대미지에 직접적으로 영향을 주는 힘 스텟이 3개나 더 붙어 있었다. 검의 순수한 공격력을 제외하고 옵션만으로 무려 19의 대미지를 올려주는 것이다.

그야말로 압도적인 수준의 검이었다. 이것만이라 해도 무혁은 환호를 질렀을 것이다.

그런데…… 가격에 가장 큰 영향을 미치는 그것이 없었다.

사용 제한.

왜 없는 거야?

의문과 기대.

정말 안 붙은 것일까? 아니면 뭔가 다른 게 있는 걸까?

확인을 위해 검을 사용해 봤다.

------------!!!!

옵션이 전부 적용되고 있었다.

망치로 머리를 얻어맞은 기분이었다. 이런 압도적인 수준의 검에 사용 제한이 붙어 있지 않았으니까.

아직 실감이 나지 않았다.

이런 대박이라니.

하지만 시간이 지날수록 깨달았다.

현실이라고. 이건, 리얼이라고.

"하, 하하……."

그제야 무혁의 입에서 실소가 터져 나왔다. 그러다 문득 호기심이 일어 메시지 창을 열어봤다.

"허어……."

정확하게 결을 맞힌 게 두 번이었다.

그래서 이런 옵션이 떴나?

거기에 칭호까지 얻었다.

행운의 제작자?

곧바로 상세 설명을 확인했다.

[행운의 제작자]

-사용 제한이 붙을 확률을 낮춰준다.

눈이 커졌다.

이것도 대박이야!

제작을 하게 될 경우 아주 높은 확률로 사용 제한이 붙게 된다. 그런데 이 칭호는 그 확률을 낮춰주는 옵션을 지니고 있었다. 즉, 사용 제한이 붙지 않도록 도와준다는 소리인 것이다.

이번에도 마찬가지였다. 행운의 제작자 칭호가 적용되면서 사용 제한이 붙을 확률이 낮아졌고 운 좋게도 그 낮은 확률에 당첨된 것이다.

무혁은 진심으로 기뻤다.

지금까지 정말 많은 무기를 제작했다. 사냥을 하고 쉴 때마다 제작을 거의 빼먹지 않았다. 그 노력이 이제야 빛을 발한 것이다.

아니, 사실은 운이 좋았다고 볼 수 있으리라. 노력한다고 해서 누구나 이런 검을 만들 수 있는 건 아니니까.

후아, 일단 정리부터 하자.

혼이 담긴 장검은 사용하기로 했다. 옵션이 너무 좋아서 팔면 어마어마한 금액을 받겠지만 지금은 직접 사용해서 보다 빠른 성장을 하는 것이 더 효율적이라 판단했다.

시간이 꽤 흘러서 혼이 담긴 장검을 판매하더라도 사용 제한이 없기 때문에 구매를 원하는 유저는 많을 것이다. 그러면 가격은 지금과 비교해도 그리 많이 떨어지지 않을 것이다. 서두르지 않아도 된다.

당장 팔고 싶은 생각이 마음을 간질이고 있기는 하다. 큰돈이 눈앞에 있으면 욕심이 생기게 마련이니까. 그냥 혼이 담긴 장검을 판매하고 스컬 지팡이를 계속 사용하는 방법도 있겠지만 무혁은 그 유혹에 굴하지 않았다.

랭커가 되는 게 먼저야. 그래야 거대 에피소드에 늦지 않게 합류할 수 있다.

생각을 굳히자 마음이 편해졌다.

장검을 허리에 차고 스컬 지팡이를 빤히 바라봤다.

오래 사용했지.

아주 큰 도움이 되었던 무기다.

[스컬 지팡이]

끝에 해골 머리가 매달려 있는 지팡이다. 변형 마법이 내재되어 있다.

공격력 55

마법 공격력 75

지혜 +1

MP 회복률(10) 상승

내구도 200/200

사용 제한 : 힘 25, 민첩 10, 체력 15

이젠 필요가 없어졌다. 현재로서는 MP도 크게 부족하지 않았다. 그로이언의 반지가 있으니까.

그렇다고 당장 스컬 지팡이를 판매할 생각은 아니었다. 일단은 가지고 있을 생각이었다.

무혁은 지팡이를 인벤토리에 넣은 후 다시 걸음을 재촉했다. 활화산 지대를 중심으로 반원을 그리면서 나아갔다.

다시 소형 아그니가 등장했다. 이번에는 다섯 마리였다. 한 마리가 늘었지만 상대할 자신이 있었다. 새로운 검을 얻었으니까.

스컬 지팡이를 사용할 때만 해도 180이었던 대미지가 지금은 213이 되었다. 일단 기본적으로 대미지가 14 더 높았고 추가 대미지가 10에 힘 3이 붙었다.

덕분에 33이나 되는 대미지를 단번에 올릴 수 있었다. 대미지가 10만 상승해도 차이를 느끼는 것이 일루전이었으니 자신감이 차오를 수밖에 없었다.

"소환."

12마리의 소환수.

검뼈 두 마리와 활뼈 한 마리를 하나의 조로 하여 소형 아그니 한 마리씩을 상대하도록 만들었다.

남은 한 마리는 무혁 혼자 처리하기로 했다.

스윽.

방패를 왼손에 든 채 거리를 좁혔다.

큐우!

소형 아그니의 몸에서 불꽃이 뿜어지더니 무혁의 방패를 거칠게 두드렸다. 반동으로 인해서 앞으로 나아가는 속도가 줄었지만 뒤로 밀려날 정도는 아니었다.

묵묵히 거리를 좁혀 지근거리에서 검을 내뻗었다.

[163의 대미지를 입힙니다.]

[162의 대미지를 입힙니다.]

크리티컬은 쉽사리 뜨지 않았지만 포기하지 않고 끝없이 같은 부위만을 노렸다.

[핵을 파괴했습니다.]

[전체 HP의 70퍼센트가 하락합니다.]

[회복 능력이 사라집니다.]

결국 핵을 터뜨리고야 말았다. 덕분에 소형 아그니의 HP가 크게 줄었다. 회복 능력이 사라지면서 떨어진 돌조각이 더 이상 놈의 신체에 들러붙지 않았다. 그 덕에 얼마 되지 않아 녀석을 처리할 수 있었다.

큐우!

그 순간 튀어나온 초소형 아그니들.

한 마리라도 더!

다이아를 확보하기 위해 백여 마리에 달하는 놈들을 처치해 나갔다. 하지만 아무런 공격 스킬이 없어 속도가 느릴 수밖에 없었다.

젠장, 범위 공격 스킬이라도 있었으면…….

그 사실이 가장 아쉬웠다.

별수 없지. 지금 할 수 있는 일을 할 뿐.

서걱.

초소형 아그니가 반으로 갈리면서 바닥에 떨어지는 다이아 하나. 무시한 채 다음 초소형 아그니를 처리했다. 다이아는 나중에 주워도 된다.

30초는 순식간에 흘렀다. 절반이 훨씬 넘는 초소형 아그니가 그대로 사라졌다. 허탈함도 잠시, 무혁은 밀리고 있는 소환수를 돕기 위해 달려 나갔다.

놈이 던전에 들어가고 5일이 흘렀다.

"하아, 지겹네."

"그러게, 언제까지 지켜야 되는 거야?"

"조금만 참자고. 놈만 나오면 우리가 입장할 수 있으니까."

"쩝, 알아. 그것 때문에 나도 참고 있는 거니까."

물론 가디언 길드 소속의 고레벨 유저들과 요직에 앉은 영향력 있는 유저들은 각자의 사냥을 위해 흩어진 상태였다. 지휘를 위한 한 사람만을 제외하고서 말이다.

그 탓에 지금 던전 주변을 지키는 자들은 던전에 입장하기 위해 대기하고 있는 38레벨의 유망주와 경계를 위한 40레벨 중반대의 유저가 전부였다.

"근데 네크로맨서가 어떻게 길드장님 공격을 두 번이나 맞고 살았을까?"

"모르지, 무슨 특별한 아이템이나 스킬이라도 있었을지."

"그렇겠지?"

"그럼, 아니면 불가능하니까."

주변에 있던 유저들이 고개를 끄덕였다.

"맞아. 내가 나름 피통이 높은데 길드장님 일격필살 한 대만 맞아도 개피가 된다니까."

"그 새끼 그래도 안에서 몬스터 잡으면서 경험치 엄청나게 올리고 있겠지?"

“젠장, 그놈만 아니었어도 우리가 들어가 있을 텐데.”

“나오는 순간 바로 녹화부터 하자고. 생김새 파악하고 각 마을마다 전부 길드원 배치시켜서 나타나는 순간 미행하라고 해야지. 사냥터로 나서는 순간 바로 죽여 버려야 되니까. 계속 그렇게 반복하다 보면 지가 안 접고 베기겠어?”

“한마디로 잘못 건드린 거지.”

그들은 사악한 미소를 감추지 않았다.

그때였다.

저 멀리서 누군가가 나타났다.

“어?”

“왜?”

“아니, 저 녀석들 피닉스 길드의 탐색조 아냐?”

“에? 저것들이 여기 왜 왔지?”

피닉스 길드의 탐색조 셋은 가디언 길드의 요직에 앉은 자와 함께 나타났다.

“단장님!”

“어, 그래.”

“옆에 있는 사람들은……?”

“내가 데려왔다. 던전에 대해서 알려줄 거야.”

이미 가디언 길드와 피닉스 길드는 전쟁에 돌입한 상태였다. 하지만 전력이 압도적으로 우세한 가디언 길드가 피닉스 길드원을 압살하는 형국이었다. 그 과정에서 많은 유저가 피닉스 길드를 탈퇴하였는데 앞에 있는 탐색조 세 명 역시 마찬가지였다. 그러다 가디언 길드로부터 가입 제안을 받게 되었고 그들은 만족스러운 조건에 동의한 상태였다.

"자, 일단 다들 모여!"

"네!"

"이자들이 던전에 관해 알려줄 거다. 다들 집중해라."

그와 함께 탐색조 셋의 입이 열렸다.

"참고로 이 던전은 유니크 던전입니다."

"……!"

모두의 눈이 커졌다.

"일단 1층에서는……."

그들의 이야기가 이어질수록 놀라움이 커졌다.

"보부상?"

"네, 몬스터를 처리하면 다이아가 떨어지는데 그걸로 던전에 한정되어 사용할 수 있는 아이템을 구입할 수 있어요. 2층부터는 아그니라는 몬스터가 등장하고……."

이야기는 흥미진진했다.

"그리고……."

던전에 관한 정보가 끝으로 치달았다.

"으음, 인간형이라."

"멍청한 편이고 특별한 기술도 없으니 걱정할 건 없어요."

그때 가디언 길드의 단장이 나섰다.

“자, 다시 원위치로!”

“예!”

다시 본래 자리로 돌아간 가디언 길드원은 자기들끼리 숙덕거렸다. 정보를 알게 되면서 더 애가 닳은 탓이다.

“새끼, 나오기만 해라. 어서.”

몰래 들어간 네크로맨서를 눈이 빠지도록 기다리는 그들이었다.

한편.

지루한 사냥을 이어가던 무혁의 눈이 빛났다. 40레벨 달성과 동시에 보부상을 만난 덕분이었다.

“오랜만이군요.”

“네.”

무혁은 대답과 함께 손을 뻗었다. 이젠 말도 필요 없었다. 행동만으로도 무엇을 원하는지 알 수 있었으니까.

스윽.

보부상이 손을 잡으니 홀로그램이 떠올랐다.

“던전 업그레이드로 하죠.”

보부상도 더 이상 놀라지 않았다. 당연한 것처럼 고개를 끄덕였다.

[던전 업그레이드 11Lv]

모든 대미지가 5.5퍼센트 상승한다.
+관통 효과가 부여됩니다.
-12Lv(21다이아) : 모든 대미지가 0.5퍼센트 상승한다.

현재 지닌 다이아는 총 815개. 잠시 계산을 하다가 고개를 저었다.

복잡하네.

그냥 보부상에게 맡기면 되리라.

"25레벨까지 가능할까요?"

"가능합니다."

"일단 거기까지만 올려주세요."

"그러죠."

던전 업그레이드가 빠르게 치솟았다.

[던전 업그레이드가 12Lv로 상승합니다.]

[던전 업그레이드가 13Lv로…….]

다이아가 빠르게 줄어들었다.

21개, 22개, 23개.

815개였던 다이아가 430개로 줄게 되자 드디어 업그레이드가 멈췄다.

[던전 업그레이드가 25Lv로 상승합니다.]

[2차 봉인이 풀립니다.]

[일반 공격에 '범위 대미지'가 적용됩니다.]

[반경 2m 내 모든 적에게 10퍼센트의 추가 대미지를 입힙니다.]

무혁의 입꼬리가 올라갔다.

범위 대미지!

초소형 아그니가 나올 때마다 절반이 넘게 놓치곤 했다. 하지만 2차 봉인이 풀리면서 얻게 된 범위 대미지라면 더 이상 그러지 않아도 된다. 적어도 전멸에 가깝게 놈들을 처리할 수 있게 되리라. 다이아의 수급 속도도 오르겠고.

만족스러웠다.

남은 다이아는 어쩌지?

"50레벨까진 안 되겠죠?"

"네, 50레벨까지 필요한 다이아는 총 1,080개입니다."

"1,080개……."

650개나 더 모아야 했다.

"다른 물품을 보여드릴까요?"

"일단 보죠."

한 번만 사용이 가능한 일회성 아이템들은 제외.

솔직히 효율이 낮았다.

창을 아래로 내리자 특이한 게 나왔다.

[공격의 문신]

공격력 5

특정 던전에서만 사용 가능

[필요 다이아 : 200개]

[공격의 문신 2]

공격력 10

특정 던전에서만 사용 가능

[필요 다이아 : 380개]

[방어의 문신]

방어력 5

특정 던전에서만 사용 가능

[필요 다이아 : 180개]

[방어의 문신 2]

방어력 10

특정 던전에서만 사용 가능

[필요 다이아 : 350개]

공격의 문신 2를 사기 위해서는 다이아 380개가 필요했다. 방어력을 올리는 문신이 조금 싼 편이긴 했지만 그래도 부담되는 건 마찬가지였다.

으음.

솔직히 문신만으로 공격력이나 방어력을 올릴 수 있으니 충분히 좋기는 하다. 하지만 그걸 위해서 지금 지닌 다이아의 대부분을 사용할 순 없었다.

3차 봉인을 풀어야 할 것 같단 말이지.

봉인이 풀리면서 어떤 능력이 주어질지는 알 수 없다. 올리기도 매우 어렵다. 49레벨까지 올려봤자 크게 의미도 없을 테니까.

과연 지하 3층으로 가기 전까지, 아니, 클리어하기 전까지 50을 찍을 수 있을지도 미지수였지만 그럼에도 올려야 할 것만 같았다. 본능이 그렇게 외치고 있었다.

그래, 참자. 1,080개가 모일 때까지.

"마음에 드는 거라도?"

"아뇨, 더 구입할 건 없네요."

보부상이 고개를 끄덕였다.

"그럼, 다음에……."

"네."

서로를 스치듯 지나친다. 언제 다시 볼 수 있을지 모르겠지만 지금은 새롭게 얻은 능력으로 아그니를 쓸어버릴 시간이었다.

검뼈 여섯 마리와 활뼈 세 마리가 한 마리의 소형 아그니를 집중적으로 공격했다.

키릭, 키리릭!

휘둘러진 검과 쏘아진 뼈 화살이 아그니를 가격했다. 신체를 이루는 돌덩이가 조각이 나면서 바닥으로 떨어졌지만 그것은 다시금 소형 아그니의 몸에 들러붙어 신체를 이뤘다. 그 탓에 소형 아그니의 HP가 빠르게 채워졌다. 무혁은 쉬지 않고 공격하며 또다시 피해를 입혔다.

큐우!

키리릭?

마침내 소형 아그니를 처리했을 때.

"흐읍!"

무혁은 사방을 누비고 있었다.

바로 앞에 생성된 초소형 아그니가 뛰어올랐다.

무혁이 검을 위에서 아래로 그었다.

[160의 대미지를 입힙니다.]

[반경 2m 내의 모든 적에게 16의 대미지를 입힙니다.]

주변에 있던 초소형 아그니 네 마리가 동시에 사라졌다.

떨어진 다이아가 보인다. 무혁은 스치듯이 확인한 후 다른 녀석을 검으로 찔렀다.
이번에도 역시 범위 대미지가 들어가면서 옆에 있던 한 마리를 동시에 처리할 수 있었다.
좋아!
이래서 사람들이 스킬을 배우는 것이리라.
이 놀라운 손맛, 압도적인 사냥 속도까지.
파밧.
뛰어다니며 검을 휘두르기만 하면 된다.
서걱.
그러면 주변에 있던 초소형 아그니가 사라지면서 다이아를 남겼다.
거칠게 움직이던 무혁이 멈췄다.
"후우……."
살아남은 초소형 아그니가 더 이상 존재하지 않은 탓이었다. 처음으로 백여 마리의 놈들을 완벽하게 처리한 순간이었다.

며칠이 더 흘렀다.
오늘도 무혁은 소형 아그니를 죽이고 초소형 아그니를 처리했다.

후웅.
손짓 한 번에 초소형 아그니가 터져 나갔다.

[160의 대미지를 입힙니다.]
[반경 2m 내의 모든 적에게 16의 대미지를 입힙니다.]

떨어진 다이아는 2개. 그것을 회수한 후 앞으로 나아갔다.
"아……."
탄성과 함께 걸음을 멈췄다. 드디어 계단이 등장한 것이다. 그 앞에 위치한 보부상까지.
지루한 시간이었다. 던전에 들어오고 7일이 지났으니 지루함을 느끼는 것은 너무도 당연한 일이었다.
"여기까지 오셨군요."
보부상의 말에 고개를 끄덕였다.
"이번에도 업그레이드로 하죠."
현재 모인 다이아는 1,350개.
그중에 1,080개를 소모하여 던전 업그레이드를 50레벨로 만들었다.

[던전 업그레이드가 50Lv로 상승합니다.]
[3차 봉인이 풀립니다.]
['크리티컬 확률'이 보정됩니다.]

[약점이 되는 부위가 아니더라도 5퍼센트의 확률로 크리티컬이 터집니다.]

크리티컬 보정이었다.

이로써 관통 효과, 범위 공격 효과, 크리티컬 확률 보정 효과까지 총 3개의 봉인을 풀게 되었다.

남은 다이아는……?

남겨둬야 할까, 아니면 사용해야 할까.

피닉스 길드 탐색조는 7일 만에 던전을 클리어했었다.

무혁은 오늘이 8일째고.

무혁은 그들이 대단하다고 생각했다. 그 정도로 이 던전은 길고 지루했다.

하지만 무혁은 스스로가 결코 그들보다 약하다고 생각하지 않았다. 사냥하는 속도 역시 소환수 덕분에 빠르면 빨랐지 느리진 않다고 자부했다.

그들의 조합은 분명히 좋았고 공격력이 강한 스킬도 있었을 것이다. 그걸 감안하더라도 무혁은 그들과 비슷한 수준은 될 것이다.

그렇다는 말은…….

지하 3층이 끝이라는 이야기가 된다.

보스인가.

지하 3층에 마지막 몬스터 한 마리가 존재하고 있을 가능성이 높았다. 그것도 아주 강력한 놈으로. 아닐 수도 있지만 만약을 대비해서 철저하게 준비해야만 한다.

피닉스 길드의 탐색조와 시간을 비교할 수 있기에 이런 유추라도 가능한 것이었다. 아니었더라면 아무것도 모르는 상태로 보다 더 힘든 싸움을 해나가야 했을 터였다.

"다른 것도 보죠."

"알겠습니다."

물품들을 천천히 살폈다.

그래, 사자.

결정을 내리고 물품을 불렀다.

"폭발의 구슬 3개, 폭발의 빛 2개, 힘의 물약, 민첩의 물약, 체력의 물약, 신체 각성 1개씩 주세요."

"여기 있습니다."

남아 있던 270개의 다이아 중에서 260개가 소모되었다. 하나씩 정보를 확인한 후 인벤토리에 넣었다.

10다이아가 남았는데…….

이걸로 구입할 수 있는 건 하나밖에 없었다.

[생명의 물약]

HP(200) 즉시 회복

[필요 다이아 : 10개]

생명의 물약까지 구입한 후 곧바로 계단을 통해 아래로 내려갔다. 어둠을 꿰뚫고 나아가 닫힌 문을 열었다.

끼이익.

거칠게 퍼지는 쇳소리와 함께 등골을 섬뜩하게 만드는 무언가의 울림이 고막을 자극했다.

얼마나 한이 쌓인 걸까.

끝이 보이지 않을 것만 같은 심연, 마치 그와 비등한 무게가 깃든 것만 같은 신음이었다.

어쩌면 착각일지도 모른다. 그저 시스템이 만든 '가상'일 뿐이었으니까. 그럼에도 너무나 현실적이어서 추위가 느껴질 정도였다. 날씨의 변화로 인한 것이 아니라 오싹한 전율로 인한 한기였다.

따그닥.

말발굽 소리도 들렸다.

따그닥, 흐으으으.

두 가지가 뒤섞이며 기묘한 스산함을 풍겼다.

형체가 서서히 시야에 잡혔다.

저건…….

무혁의 목울대가 크게 일렁거렸다. 놈의 정체를 확인한 까닭이었다. 정체를 알 수 없어 두려웠으나 지금은 정체를 알게 되면서 오히려 더 긴장하게 되었다.

다크나이트……!

놈의 정체가 바로 네크로맨서의 꿈이라는 다크나이트였던 까닭이다.

적어도 50레벨 이상.

으음…….

이건 무혁에게도 꽤나 큰 부담이다.

일루전에서 높은 레벨은 높은 스탯으로 이어진다. 그리고 스탯은 곧 상대를 압도하는 힘이 된다.

가디언 길드의 김바다만 봐도 알 수 있는 사실이었다. 40레벨 중반의 유저도 제압할 자신이 있었던 무혁을 겨우 두 번의 스킬로 죽일 뻔했으니까.

"하아……."

일반적인 괴수 몬스터라면 걱정이 덜했을 것이다. 지능이 떨어지며 또한 본능적이기 때문이다. 게다가 현재 무혁의 스탯이라면 10레벨 차이도 크게 부담이 되지 않는다. 하지만 인간형 몬스터라면 이야기가 달라진다.

기사의 경우 오랜 훈련으로 신체를 단련한다. 단련은 지식이 축적되면서 쌓인 경험이라고 볼 수 있다. 그 경험을 생각보다 더 빨리 만드는 것이 그들의 훈련법이다. 즉, 뇌가 명령을 내리기도 전에 몸이 움직이게 만든다는 소리다.

인간형 몬스터는 그러한 생전의 경험이 사라지지 않고 이어지기에 까다로울 수밖에 없었다.

하지만…….

무혁의 눈에는 긴장감만 돌고 있는 게 아니었다. 열망도 서려 있었다. 던전 보스는 높은 확률로 고급 재료를 떨어뜨리기 때문이다.

제발 '그것'이 떨어지길 바라면서.

"소환."

스켈레톤을 소환했다.

무기에 각종 독을 바른 후 아처에게 화살을 쏘도록 명령했다.

파앙! 팡!

네 대의 화살이 허공을 갈랐다. 그대로 다크나이트의 가슴을 두드렸다.

카앙!

하지만 말에 탑승한 채 다가오던 다크나이트는 아무런 충격도 받지 않은 모양새였다. 화살이 힘없이 튕겨 나갔다.

흐으으으!

다크나이트가 울부짖자 흑색의 갑주를 걸친 말이 포효하며 지면을 강하게 찼다.

빠른 속도로 거리가 좁혀졌다.

활뼈 전원, 목표물 변경.

활뼈 전원, 연사.

다크나이트를 노리던 활뼈의 목표물이 말로 변경되었다. 뼈화살이 달려드는 말의 안면을 노리며 쏘아졌다.

말이 놀라며 앞발을 들어 올렸다.

히이이이이잉!

그사이 무혁은 인벤토리에서 보부상에게서 구입했던 폭발의 구슬을 꺼내어 던졌다.

콰아앙!

[반경 5m 내 모든 적에게 75의 대미지를 입힙니다.]

놈이 움찔하는 사이 명령을 내렸다.

검뼈 전원, 돌격!

키릭, 키리릭!

돌진하던 검뼈와 달려들던 말이 부딪쳤다. 말은 쉽사리 밀리지 않는 검뼈를 보며 울부짖더니 앞발을 들어 올렸다.

검뼈2, 3 물러나!

늦지 않게 물러난 덕분에 피해는 없었다. 안도와 함께 기회가 찾아왔다.

갑주로 뒤덮인 말은 검뼈의 검에 맞아도 큰 대미지를 입지 않았다. 미미하게 HP가 닳고 있긴 하겠지만 저런 식이면 사냥이 힘겨워진다.

하지만 방금 놈이 앞발을 들어 올릴 때, 목 아래와 배는 갑옷이 보호하고 있지 않음을 확인했다.

목 아래부터 배까지, 거길 노리면 돼.

물론 쉽지는 않았다. 말에 타고 있는 다크나이트 역시 무시할 수 없었으니까.

후웅.

놈이 휘두르는 검이 검뼈5를 가격했다.

키리릭!

방패로 막았음에도 크게 밀려났다.

HP도 꽤 많이 빠졌고.

검뼈5, 물러나서 휴식.

검뼈2, 앞으로.

활뼈 전원, 목표물 변경.

활뼈로 다크나이트를 견제하고 검뼈와 무혁은 놈이 타고 있는 말을 집중적으로 노렸다.

히이이잉!

말이 다시 울부짖으며 앞발을 들었다.

지금!

때를 기다리고 있던 무혁이 지면을 강하게 밀어냈다. 떨어지는 앞발 사이로 검을 찔러 넣었다.

푸욱.

느낌이 왔다.

[185의 대미지를 입힙니다.]

게다가 무혁의 검에는 환각의 독이 발라진 상태. 효과는 즉각적으로 나타났다. 갑주를 걸친 말의 동공이 몽롱하게 변한 것이다.

움직이지 않는 놈의 목 아래로 이동해 배를 들어 올렸다. 갑주로 보호받지 못하는 곳으로 검뼈들의 검이 날아든다. 둔화의 독과 출혈의 눈물, 약화의 마비가 지닌 효과가 중첩되었으리라.

들어 올리던 것을 멈추고 바닥에 엎드린 채로 검을 휘둘렀다.

섬뜩한 소리가 울리고.

히이이잉!

말이 다시 정신을 차렸음에도 공격을 멈추지 않았다.

[185의 대미지를 입힙니다.]

[186의 대미지를 입힙니다.]

다행스럽게도 HP가 높지 않았던 걸까. 몇 번의 공격이 더 이어지자 놈이 회색빛으로 변했다.

"사체 분해."

사라지기 직전 스킬을 사용해 뼈와 가죽을 얻어냈다. 그것들을 인벤토리에 넣은 후 말에서 내린 다크나이트를 바라봤다.

놈은 당당했다. 아니, 오연하다고 해야 할까.

보부상에게서 구입했던 아이템들을 써야겠지.

활뼈, 전원 연사.

뼈 화살이 다크나이트의 접근을 방해하는 동안 아이템을 사용했다.

[3분 동안 무기에 '폭발 대미지'가 부여됩니다.]

[10분 동안 힘(3)이 증가합니다.]

[10분 동안 민첩(3)이 증가합니다.]

[10분 동안 체력(3)이 증가합니다.]

[5분 동안 모든 스탯(5퍼센트)이 증가합니다.]

기본 스탯과 아이템으로 인한 힘이 38, 거기에 힘의 물약으로 인해 3이 올랐고 5퍼센트가 더 증가되어 총 43의 수치를 지니게 되었다.

민첩은 기존의 18에서 물약과 신체 각성으로 22가 되었고 체력은 기존 24의 수치가 28로 변모했다.

덩달아 스켈레톤들의 힘, 민첩, 체력 스탯도 최소 1개 이상씩 상승하는 효과를 봤다. 조폭 네크로맨서의 특성상 무혁의 스탯 30퍼센트가 그들에게 추가되는 덕분이었다.

더할 나위가 없었다. 이런 상황에서 진다면 패배를 인정할 수밖에 없으리라.

"가자!"

크게 외치며 앞으로 나아갔다.

키리릭!

아직 한 마리도 역소환이 되지 않은 덕분에 12마리의 스켈레톤 전원이 무혁의 사방에서 함께 걸음을 내딛고 있었다. 그것만으로도 힘이 넘쳤다.

상대는 겨우 하나. 이길 수 있다는 자신감으로 공격을 퍼부었다.

활뼈, 연사.

검뼈, 방패 돌격!

뼈 화살이 허공을 메우고 검뼈의 검이 던전 속에서 빛을 발한다.

틈틈이 보이는 무혁의 검은 그중 가장 강력한 대미지를 선사하며 다크나이트를 밀어붙였다.

흐우으으으…….

둔화의 독이 놈을 느리게 만들었다. 상처에서 피가 끝없이 흐른다. 신체 능력이 하락하고, 환각에 걸린 사이 10퍼센트의 HP를 손쉽게 가지고 왔다.

이후로도 놈을 압도했다. 승기를 잡았다고 확신했다.

조금만 더 공격을 가하면 바닥에 쓰러지리라 여겼다. 그런데 놈은 HP가 줄어들수록 조금씩 더 빨라졌으며 또한 강해졌다.

흥분한 탓일까, 무혁은 그 사실을 아직도 깨닫지 못하고 있었다.

언제부터였을까. 분명 압도하고 있는데 밀리는 기분이다. 이상한 기류를 드디어 감지했다.

뭐지……?

문제점을 파악하기 위해 잠시 뒤로 물러나려는 순간, 다크나이트가 착용하고 있던 투구의 눈구멍에서 붉은빛이 터져 나왔다.

[광전사의 패기에 노출됩니다.]

[전신이 압도됩니다.]

[3분 동안 신체 능력이 하락합니다.]

[공격 속도(5퍼센트)가 하락합니다.]

[이동속도(2퍼센트)가 하락합니다.]

[반응속도(0.5퍼센트)가 하락합니다.]

무혁의 미간이 일그러졌다.

이런, 미친!

공격 속도와 이동속도는 이해가 간다. 그런데 반응속도라니.

현재 무혁의 반응속도는 아직 103퍼센트가 되지 않는다. 거기서 0.5퍼센트나 하락한 것이다. 반응할 수 있는 수준이 한 단계 떨어졌다고 보면 되었다.

이런 상황에서 3분을 버텨내야 했다. 밀어붙인다고 생각했으나 오히려 압도된 지금 이 상황에서 말이다.

게다가 놈의 기술도 상성이 최악이었다. 하필 광전사라니……. 기가 차고 코가 막힐 지경이었다. HP가 줄어들수록 강해지고 빨라지는 특성을 지닌 이상 스켈레톤의 무난한 공격이 통할 리가 없었던 것이다.

아니, 아니야.

무혁은 침착하려 애썼다. 어떤 상황이라도 방법은 있는 법이니까. 치솟았던 흥분이 서서히 가라앉을 즈음.

파밧.

압도적인 속도를 자랑하면서 놈이 달려들었다. 무혁도 뒤늦게야 반응했다.

아, 제길!

놈을 맞이하기 위해 방패를 들어 올리는 순간 녀석이 방향을 틀었다.

퍼석.

검뼈7의 팔 하나가 부서졌다.

전부 물러서!

생각을 정리할 시간도 없었다. 겨우 억눌렀던 흥분이 다시금 고개를 빼꼼하고 내밀었다.

이렇게 된 거 이판사판이다!

활뼈, 연사!

검뼈, 돌진!

무혁도 달려들었다.

어차피 개피야!

놈을 감싼 후 몇 번만 더 공격을 성공시키면 된다.

키릭, 키리릭!

하지만 다크나이트는 빠르게 뻗어 나간 뼈 화살을 검으로 잘라 버렸다. 접근한 검뼈의 돌진은 몸을 트는 것으로 피해버렸다.

물론 검뼈의 수가 많아서 다크나이트도 그 자리를 지킬 수는 없었다. 던전의 좁은 길을 좌우로 빠르게 이동하면서 꾸준히 검을 휘둘러 검뼈들에게 상처를 입혔다.

으음…….

이대로 가면 승산이 없다. 무혁은 기회를 엿보려던 마음을 버리고 전면으로 나섰다.

"흐압!"

기합과 함께 거리를 좁힌 후 검을 아래로 내리 그었다. 하지만 다크나이트는 검을 눕혀 가볍게 그 공격을 막아버렸다.

카강.

쇳소리와 함께 다크나이트의 검이 무혁의 검을 타고 오르더니 손을 노려왔다.

놀란 무혁은 숨을 삼키며 발을 내뻗었다.

퍼억!

복부를 찬 반동을 이용해 뒤로 물러났다.

미친…….

다크나이트는 정말로 빨랐다. 게다가 까다로웠다.

내가 50레벨만 되었어도…….

그랬다면 상황은 지금과 달랐으리라.

목적의식이 강해진다. 50레벨이 되어 제대로 된 기반을 습득해야만 한다. 그 뒤부터는 노력에 따라 결실을 맺을 것이다. 하지만 이런 상황에서 잡념을 길게 이어갈 순 없었다.

검뼈를 무차별적으로 부숴 버리고 있는 다크나이트에게 다시금 접근했다.

검이 뻗어온다.

제대로 보이지 않았지만 직감을 믿었다.

흡!

상체를 숙이며 앞으로 굴렀다. 좇아온 다크나이트의 검이 그런 무혁의 등을 갈랐다. 타격을 받으면서 HP가 줄어들었다.

[311의 대미지를 입습니다.]

그나마 크리티컬이 아니라 다행이었다.
바로 몸을 일으키며 다시금 달려드는 다크나이트를 향해 검을 찔러 넣었다.
기습적이었던 덕분일까, 다크나이트는 막지도, 피하지도 못했다.

[176의 대미지를 입힙니다.]
[폭발 대미지(88)가 추가됩니다.]

거의 끝났어……!
하지만 동시에 무혁 역시 다크나이트의 검에 공격을 당했다. HP가 순식간에 30퍼센트 밑으로 하락했다.
다급히 뒤로 물러나면서 생명의 물약을 꺼내어 마셨다. HP 200이 차오르면서 숨통이 트였다. 하지만 다크나이트가 아직도 쫓아오고 있었다.
검뼈, 돌진!
명령을 내린 후 다시 바닥을 굴렀다. 마침 돌진한 검뼈와 다크나이트가 부딪쳤다.
무혁은 몸을 일으킨 후 조심스럽게 접근해서 공격을 퍼부었지만 좀처럼 피해를 입히지 못했다. HP가 정말 바닥까지 떨어진 다크나이트의 움직임이 너무나 현란하고 빨랐기 때문이었다.

젠장, 한두 번만 더 때리면 되는데!

그때 검뼈들이 다크나이트의 등을 노리며 검을 휘둘렀다.

스팟.

눈앞에 있던 다크나이트가 몸을 틀더니 벽 쪽으로 달려갔다. 그러곤 있는 힘껏 벽을 찬 후 검뼈에게로 방향을 틀더니 몸을 날렸다.

검뼈, 방어!

활뼈, 연사!

다급히 지휘했지만 검뼈 두 마리가 다크나이트의 검에 잘려버렸다.

푸석.

전신이 부서진 검뼈3, 4가 역소환되었다.

카강.

뒤늦게 날아간 뼈 화살이 다크나이트의 갑옷을 두드렸다. 튕겨 나오긴 했지만 미미한 타격은 분명 전해졌을 것이다.

무혁은 미간을 찌푸리며 다시 다크나이트와의 거리를 좁히기 시작했다. 누가 뭐라고 해도 가장 대미지가 높은 것은 바로 무혁, 본인이었으니까.

스윽.

거리를 좁히는 사이 검뼈5가 역소환되었다.

마침 다크나이트의 지척에 도착한 무혁이 다시 공격을 시도했지만 놈은 무혁을 무시한 채 또 다른 검뼈에게 달려들었다.

그런 상황이 반복되면서 무혁의 이성은 조금씩 마비되고 있었다.

"으아아아아!"

어느새 남은 검뼈는 세 마리. 활뼈 역시 두 마리가 역소환되었다.

다크나이트는 여전히 검뼈와 활뼈를 노리며 사방을 종횡무진하고 있었고 그사이 폭발의 빛과 힘, 민첩, 체력 물약의 유지 시간이 끝나 버렸다.

승기가 놈에게로 흘러갔다.

젠장, 젠장……!

그런 무혁의 눈에 검뼈1이 포착되었다.

아껴야 하는데…….

50레벨이 된 이후 사용하고 싶었다. 그래야 그나마 효율적이니까. 하지만 지금은 오직 그것밖에는 달리 방법이 없었다.

여기서 죽어버리면 너무나 허망하지 않은가.

빌어먹을.

결국 인벤토리에서 그것을 꺼내고야 말았다.

아끼고 아꼈던 변종 리자드맨 나이트의 두개골을 말이다.

다크나이트가 남은 소환수를 공격하는 사이, 무혁은 리자드맨 나이트의 두개골을 손에 든 채로 검뼈1의 앞에 멈춘 상태였다.

"후우……."

고민을 길게 이어갈 여유는 없었다.

빌어먹을.

속으로 욕을 뱉으며 검뼈1의 두개골을 쥐었다.

"뼈 조립."

그러자 두개골이 툭 하니 끊어졌다.

빈자리에 리자드맨 나이트의 두개골을 얹었다.

['검뼈1'의 '두개골'이 바뀝니다.]

[진화를 시작합니다.]

검뼈1의 앙상했던 전신 뼈대가 성인의 팔뚝만큼 굵어졌다. 덕분에 휑하니 비었던 공간이 가득 채워졌으며 마치 갑옷을 입은 것처럼 두꺼워졌다.

그것만으로는 부족한지 키가 20센티 정도 자라났다.

['강화 스켈레톤'으로의 변화를 마칩니다.]

['무속성' 계열입니다.]

[1레벨당 HP의 상승분이 5에서 10으로 증가합니다.]

['리자드맨 나이트'의 특성이 적용되어 힘(5)과 체력(5)이 상승

합니다.]

[공격력(10)이 상승합니다.]

[방어력(15)이 상승합니다.]

[마법 방어력(15)이 상승합니다.]

[공격 속도(5퍼센트)가 상승합니다.]

[이동속도(5퍼센트)가 상승합니다.]

[반응속도(1퍼센트)가 상승합니다.]

[모든 스탯(2)이 상승합니다.]

기본적으로 공, 방, 마방이 상승했다. HP와 MP도 레벨 1개당 5씩 상승하여 각 170씩 올라갔다. 그뿐인가. 공격 속도와 이동속도, 심지어 반응속도까지 상승했다.

여기에 리자드맨 나이트 두개골의 특성인 힘과 체력이 5씩, 또 모든 스탯이 2씩 오르면서 전과 비교할 수 없을 정도로 강력해졌다.

하지만 이 극적인 변화를 보면서도 무혁의 표정은 펴지지 않았다.

젠장…….

눈앞에 있는 강화 스켈레톤은 100레벨이 되면 아머 나이트로 진화한다. 하지만 그게 끝이다. 더 이상의 진화는 없다.

만약 무혁이 레벨 50이 되어 본격적으로 스킬을 배웠다면? 그때 한 단계 업그레이드된 '강화 뼈 조립'으로 두개골을 바꿨다면? 그럼 100레벨 아머 나이트는 물론이고 200레벨이 되어 강화 아머 나이트까지 진화가 가능해졌을 것이다.

그 한 번의 차이. 그걸 위해서 아끼고 아꼈던 것이다. 최대한 늦게 사용하기 위해서. 방금 전 놀라운 수준의 변화를 목격했기에 그 아쉬움은 더욱 컸다.

"하아."

하지만 이미 사용해 버렸다. 뒤늦은 후회는 소용없는 법.

너라도 제물로 삼아야겠다.

아직도 날뛰고 있는 다크나이트를 바라보며 명령했다.

강화 스켈레톤, 돌진!

동시에 무혁도 뒤를 쫓았다.

서걱.

활뼈를 공격하고 있던 다크나이트가 고개를 슬쩍 돌리더니 접근하는 강화 스켈레톤을 바라봤다. 하지만 이내 고개를 돌려 다시 활뼈를 바라보며 검을 휘둘렀다.

키리릭.

그 공격으로 활뼈가 역소환되었다.

스윽.

그제야 다크나이트가 방향을 틀었다. 마침 지척에 도착한 강화 스켈레톤과 부딪쳤다.

허공에서 검과 검이 어우러지면서 쇳소리가 퍼졌다.

카가강! 카강!

다크나이트의 검이 강화 스켈레톤의 옆구리를 때렸다.

타앙.

하지만 기묘한 소리가 났다. 마치 갑옷이 검을 튕겨낸 것만 같은 소리였다. 진화를 통해 전신의 뼈가 굵어지면서 외형만 멋있어진 게 아니었다. 실제적인 전투력에도 영향을 미치게 된 것이다.

아쉬운 점은 진화를 했음에도 불구하고 여전히 다크나이트에게 밀리고 있다는 사실이었다. 물론 전과 비교할 수 없을 정도로 치열한 접전이긴 했지만 결국 이기지 못하면 의미가 없었다.

스윽.

둘의 접전을 향해 조심스레 접근하는 무혁.

한 번만 성공하면 돼.

다크나이트는 처음과 비교해 본다면 지금은 정말 다른 몬스터로 느껴질 만큼 강해졌다. HP가 바닥까지 떨어졌다고 여기는 것도 무리가 아니었다.

그런 녀석을 강화 스켈레톤이 붙잡아 놓고 있었다. 공격을 성공시키진 못했지만 높은 피통과 방어력으로, 그리고 다크나이트의 움직임을 늦게나마 쫓아갈 수 있게 된 빠른 몸놀림을 자랑하면서 말이다.

조금만 더.

그사이 무혁은 다크나이트의 세 발자국 앞까지 도착했다.

아직 검의 사정거리는 아니었다.
한 걸음만…….
여전히 앞은 사투다.
카강, 카가강!
그 검의 부딪히는 소리에 맞춰 발을 내디뎠다.

[광전사의 패기에 적응합니다.]
[하락했던 신체 능력이 본래대로 돌아옵니다.]

운이 따랐다. 무거웠던 몸이 한결 가볍게 느껴졌다. 그 힘을 모두 담아 검을 휘둘렀다.
후웅.
바람을 가르며 떨어진 무혁의 검이 다크나이트의 어깨에 명중했다.

[보정 효과가 발동됩니다.]
[크리티컬이 터집니다.]
[352의 대미지를 입힙니다.]

마치 시간이 멈춘 것만 같다.
"……."
모든 것이 고요했으니까.

털썩.

뒤늦게 들리는 그 소리에 정신을 차렸다.

"후우……."

흥분으로 얼룩진 호흡을 가다듬으며 쓰러진 다크나이트를 두 눈에 담았다.

[경험치가 상승합니다.]

[레벨이 상승합니다.]

놈을 쓰러뜨린 것이다.

회색빛으로 물드는 다크나이트를 바라보다 입을 열었다.

"사체 분해."

스킬이 발동되면서 손이 절로 움직였다.

갑옷을 벗겨내자 속에 숨겨진 녀석의 모습이 드러났다. 무혁의 소환수와 다를 것 없는 스켈레톤이었다.

놈의 전신을 한 번 스치듯 손을 움직이자 스킬이 종료되었다.

[다크나이트 전용 전신갑옷을 획득합니다.]

[다크나이트 전용 투구를 획득합니다.]
[다크나이트 전용 신발을 획득합니다.]
[다크나이트의 두개골을 획득합니다.]

전용 방어구를 얻었다.
허어, 두개골까지?

['유니크 던전'을 클리어하였습니다.]
[대량의 경험치를 획득합니다.]
[레벨이 상승합니다.]

레벨도 하나가 더 올랐다.
거기서 끝이었다면 참 좋았을 것이다.

[퀘스트와 연관되어 있습니다.]
['오염된 유니크 던전'을 클리어하였습니다.]
[보상으로 '특수 아이템 상자(×3)'를 획득합니다.]
[퀘스트가 갱신됩니다.]

하지만 기대는 언제나 어긋나는 법.
신경 쓰지도 않고 있던 퀘스트 하나가 불쑥 튀어 올라왔다.

[몰려드는 어둠]

[예로부터 네크로맨서는 음지에서 활동하며 백마법사들의 멸시와 조롱을 받았다. 그러한 것들을 참지 못하고 뛰쳐나온 조폭 네크로맨서의 창시자는 백마법사들 사이에 어둠이 끼어 있음을 우연히 발견했다. 그 어둠만 밝혀낸다면 백마법을 몰아내고 양지로 나아갈 수 있다고 생각한 그는 즉시 어둠을 파고들기 시작했으나 아직까지도 그 정체를 정확하게 파악하지 못한 상황이다. 조폭 네크로맨서의 수제자가 된 자는 이 어둠을 찾아내어 네크로맨서가 양지로 나아갈 수 있도록 노력해야 할 의무가 있다.]

+오염된 던전 : 그곳에 있는 변종 리자드맨 나이트가 어둠에 물들어 있음을 확인했다.

+오염된 유니크 던전 : 그곳에 있는 다크나이트가 어둠에 물들어 있음을 확인했다.

[성공할 경우 : ?]

[실패할 경우 : 직업의 박탈]

새롭게 떠오르는 메시지를 보며 무혁은 자기도 모르게 실소를 내뱉었다.

변화된 퀘스트를 보며 의문이 생겼다.

이 오염된 던전은 나한테만 적용이 되는 건가? 아니면 앞서 들어왔던 자들에게로 적용이 되었던 걸까? 피닉스 길드의 탐색조 역시 버서커 기술을 지닌 다크나이트와 만났다면?

고개를 저었다.

그럴 리가.

그들 셋은 분명히 동일한 레벨에서는 강한 편이었다. 하지만 무혁과 비교할 수준은 아니었다. 무혁이 압도했던 탐색조 셋이었다.

그런데 그들 셋이서 방금 전의 그 괴물, 버서커 기술을 지닌 다크나이트를 쓰러뜨리고 던전을 클리어했다?

있을 수 없는 일이었다.

나랑은 다른 던전이었다는 건가? 내가 '몰려드는 어둠' 퀘스트를 지니고 있어서 던전이 일시적으로 변했을 수도 있긴 한데…….

그렇게밖에 생각할 수 없었다.

이건 나가서 확실하게 알아봐야 할 문제였다. 그래야 다음 던전에서라도 마음의 준비를 할 테니까.

고민을 마치고 획득한 아이템을 확인했다.

먼저 다크나이트 전용 아이템.

[다크나이트의 전신갑옷]

방어력 17

힘 +2

체력 +3

내구도 200/200

사용 제한 : 어둠 계열 직업

[다크나이트의 투구]

방어력 13

민첩 +2

체력 +3

내구도 : 200/200

사용 제한 : 어둠 계열 직업

[다크나이트의 신발]

방어력 10

힘 +1

민첩 +1

체력 +3

내구도 : 150/150

사용 제한 : 어둠 계열 직업

그저 놀라울 뿐이었다.

3개만 착용해도 방어력이 40이라. 게다가 체력 옵션만 9였다. 그것까지 감안하면 방어력만 49가 증가한다.

엄청나네.

하지만 아쉽게도 무혁은 착용할 수가 없었다. 조폭 네크로맨서는 안타깝게도 죽음 계열의 마법사였기 때문이다.

저주 네크로맨서는 저주 계열, 공격 네크로맨서를 갔더라면 암흑계열로 인정받게 된다. 결국 네크로맨서는 어둠 계열이 될 수가 없다.

대부분의 어둠 계열이 몬스터이기 때문에 유저가 사용하기는 어려웠다. 하지만 소환수가 사용할 방법은 있었다.

[다크나이트의 두개골]

특성 : 체력, 지식

이걸로 검뼈를 진화시키면 다크나이트의 힘이 깃들어 어둠 계열로 적용되기 때문이다.

물론 지금 사용할 건 아니었다. 무혁이 50레벨이 되어 뼈 조립 스킬의 강화판을 배운 후에 사용해도 늦지 않다. 그래야 1차 진화가 아니라 2차 진화까지 가능해지니까.

두개골을 인벤토리에 넣고 대신 다른 것을 꺼냈다.

[특수 아이템 상자(×3)]

사용할 경우 랜덤으로 특수한 아이템이 등장한다.

보상으로 얻은 상자였다.

고민할 거 있나.

곧바로 상자를 사용했다.

상자는 허공으로 치솟더니 제자리에서 돌기 시작했다. 속도가 붙으면서 상자가 마치 원처럼 보일 무렵, 빛이 뿜어지더니 형상을 이뤘다.

그것을 쥐는 순간.

[아라번의 방패]

방어력 15

충격 흡수 60%

체력 +2

내구도 250/250

사용 제한 : 힘 25, 체력 25

방어력도 뛰어났고 충격 흡수도 나쁘지 않았다.

60퍼센트라…….

몬스터의 공격력을 300이라고 가정하자. 그럼 일단 무혁의 방어력이 대미지를 깎아내린다. 방어력이 60이라고 친다면 240의 대미지만 박히는 것이다. 물론 이것은 막아내지 못했을 경우다. 그 공격을 방패로 막아낼 경우 240의 60프로, 즉 144의 대미지를 방패가 흡수하고 나머지 86의 피해만을 입게 되는 것이다.

엄청난 차이라고 할 수 있었다. 그렇기 때문에 시간이 지나면 대부분의 유저가 방패 하나는 무조건적으로 지니고 다닌다. 설사 마법사라고 할지라도 말이다. 방패로 막느냐, 아니냐에 따라 목숨이 좌우될 테니까.

"흐음……."

하지만 조금 아쉬웠다.

150골드 정도 하려나.

사용 제한에 붙은 스탯이 두 개인 게 흠이었다. 이내 고개를 저었다.

뭐, 내가 사용하면 되니까.

체력이 부족하긴 하지만 방금 레벨이 두 개나 올랐다. 체력 스탯 1개만 올리면 사용이 가능해지기에 부담감은 없었다. 어차피 체력은 올릴 생각이었으니.

다시 상자를 깠다. 이번에는 연속으로 두 번 사용한 후 동시에 아이템을 확인했다.

지팡이와 책이었다. 두 가지 모두 마법사를 위한 아이템이었다.

이건 팔아야겠고.

마지막으로 상태창을 확인했다.

[기본 정보]

이름 : 무혁

레벨 : 42

직업 : 조폭 네크로맨서

명성 : 1,520

[칭호]

1. 모험의 시작

-모든 스탯(1) 상승

2. 조폭 네크로맨서의 수제자

-HP, MP(200) 상승

-회복률(5) 상승

3. 어둠에 물들지 않은

-어둠 관련 몬스터에게 추가 대미지(+5%)

-어둠 관련 몬스터에게 추가 방어력(+5%)

4. 혼자만의 여행

-던전에서 모든 능력치 5퍼센트 상승

5. 행운의 제작자

-사용 제한이 붙을 확률을 낮춰준다.

[기본 스탯]

힘 : 44 / 민첩 : 21 / 체력 : 27

지식 : 19 / 지혜 : 26

보너스 포인트 : 2

[특수 스탯]

지구력 : 4 / 집중력 : 4 / 유연성 : 4

행운 : 4 / 손재주 : 51

보너스 포인트 : 2

[상세 정보]

HP : 1,940 / 분당 회복률 : 74

MP : 2,090 / 분당 회복률 : 87

물리 공격력 : 132+89 / 마법 공격력 : 95

물리 방어력 : 27+15 / 마법 방어력 : 40

공격 속도 : 144+2%

이동속도 : 122+2%

반응속도 : 102.1+0.5%

MP 회복률을 제외하고는 아주 만족스러웠다.

회복률 아이템은 좀 맞춰야겠네.

물론 던전을 나가서 맞출 생각이었다.

다음은 소환수 창.

본인의 능력치를 확인할 때보다 더욱 만족스러운 순간이었다.

이름 : 강화 스켈레톤1

레벨 : 37

HP : 1,690 / MP : 745

힘 : 28 / 민첩 : 26 / 체력 : 38

지식 : 11 / 지혜 : 12

물리 공격력 : 94+57

물리 방어력 : 53+8 / 마법 방어력 : 26

공격 속도 : 128+5%

이동속도 : 114+5%

반응속도 : 102.6+1%

이름 : 검뼈2

레벨 : 37

HP : 1,340 / MP : 530

힘 : 21 / 민첩 : 22 / 체력: 29

지식 : 9 / 지혜 10

물리 공격력 : 63+49

물리 방어력 : 29+7 / 마법 방어력 : 9

공격 속도 : 121%

이동속도 : 110.5%

반응속도 : 102.2%

본래 검뼈1이었던 강화 스켈레톤은 검뼈2와 스탯이 비슷했다. 그런데 한 번의 진화로 어마어마한 격차가 벌어졌다.

강화 스켈레톤의 능력치를 보라. 무혁과 비교해도 모자라지 않았다. 힘이 부족해 대미지는 많이 모자랐지만 대신 방어력이 월등히 높았다. 체력도 무혁과 비교해서 그리 뒤떨어지지 않았고.

숨겨진 정보를 활용한 히든피스의 획득, 더불어 이뤄진 무혁의 성장과 거기서 획득한 30퍼센트의 스탯. 강한 몬스터의 사냥과 그 재료를 이용한 뼈 조립, 그것에 영향을 주는 손재주 스탯의 성장. 두 번의 레벨 업을 거칠 때마다 얻는 보너스 포인트, 그 모든 것을 위해 한순간도 쉬지 않았던 무혁의 노력. 마지막으로 진화까지. 그 모든 것이 어우러진 덕분이다.

진화가 컸지.

본래 두개골은 이렇게 쉽게 얻을 수 있는 아이템이 아니다. 아무리 빨라도 레벨이 70은 되어야 하나 정도 얻을 수 있으리라 생각했었다. 그런데 무혁은 레벨 50도 되지 않아 벌써 2개나 모으게 되었다.

단지 퀘스트 하나 때문에.

퀘스트와 연관된 던전에서 두개골을 두 번이나 연속으로 얻었다. 또다시 퀘스트와 연관된 던전을 발견한다면 두개골을 하나 더 모을 수 있을지도 모른다.

겨우 한 가지 차이였다. 가장 먼저 조폭 네크로맨서로 전직한 것. 그로인해 퀘스트를 얻었으니까. 그 한 가지의 차이가 이런 결과를 가져다 줬다.

물론 퀘스트가 정말 던전을 변화시키는지는 확실하지 않았다. 그건 차차 알아봐야 할 문제였지만 한 가지 추측은 가능했다.

이 퀘스트 인해서 어쩌면 예상했던 것보다 더욱 강해질지도 모른다고.

하지만 여전히 만족할 순 없었다.

몬스터 사냥은 훨씬 수월해질 것이다. 그래도 여전히 랭커들의 스킬을 버티는 건 어려운 일이었다.

김바다를 예로 들자면 아무리 강화 스켈레톤이라도 스킬 서너 번 정도 맞으면 죽을 수밖에 없으리라.

그러니 수를 늘려야겠지. 한 마리씩 차근차근 언젠가 모든 스켈레톤을 진화시키리라.

약하디약한 녀석들로 무수히 몰아쳐 귀찮게 만드는 것이 아니라 한 마리 한 마리가 강력한 상태에서 끝도 없이 밀려드는 위압감의 파도를 느끼게 해줄 것이다.

저벅.

그제야 걸음을 내디뎠다.

저 멀리 출구가 보인다.

스윽.

검을 빼 들어 스스로의 팔을 그었다.

HP가 줄어들었다.

다시, 또다시.

HP가 0이 되는 순간 세상이 어두워졌다.

캡슐에서 나오니 할 일이 없었다.

뭘 하나.

멍하니 침대에 누워 있다 몸을 일으켰다.

아, 오늘 주말인가?

가족들이 떠올랐다. 휴대폰을 꺼내어 전화를 걸었다.

"엄마, 나야. 아버지는? 아, 누나도?"

가족 모두 집에 있다는 이야기에 몸을 일으켰다.

"집에 갈게. 응, 이따가 봐."

부드러운 미소를 지으며 옷을 챙겨 입었다.

집을 나선 후 도로에 서서 택시가 오기를 기다렸다. 저 멀리서 다가오는 택시를 보며 손을 뻗었다. 뒷자리에 탑승한 후 의자에 기대었다.

"……로 가주세요."

"알겠습니다."

잠시 눈을 감았다.

음, 내일 일루전에 접속하기 전에 정보부터 알아보고.

상념에 빠져든다.

레벨 50을 찍고 스킬을 배우면 일단 제2수련관으로 가야겠지. 거기서 한동안 스킬 레벨을 올리는 것에 주력을 하고…….

그때였다.

"손님, 도착했습니다."

"……."

"손님? 도착했습니다!"

"아."

그제야 상념에서 깨어난 무혁이 값을 치르고 택시에서 내렸다. 2분 정도를 걸어 집 앞에 도착한 무혁이 초인종을 가볍게 눌렀다.

딩동.

인터폰에 불이 켜지면서 목소리가 들렸다.

-아들?

"응."

-잠시만!

달칵 하는 소리와 함께 문이 열렸다. 작은 마당을 지나 현관문 앞에 도달하자 기다렸다는 듯 문이 열리며 어머니 이혜연이 모습을 드러냈다.

"빨리 왔네."

"응, 딱히 할 일도 없고 해서."

"그래, 들어가자."

신발을 벗고 거실로 들어섰다.

"아버지는?"

"서재에 계신다."

"누나는?"

"안에서 게임이나 하고 있겠지."

"게임?"

"일루전이라던가."

"아아."

맞다, 그녀는 예전에 장학금을 타면 일루전을 하게 해달라고 했었다.

"장학금 탄 거야?"

"그래, 탔더라."

피식 웃으며 거실 소파에 앉았다.

"곧 저녁이니까 먹고 가."

"당연하지."

그러곤 자연스럽게 리모컨을 들어 TV를 틀었다. 소리가 꽤 커서 알아들을 수 있을 정도까지 낮췄다.

-던전을 두고 곳곳에서 싸움이 벌어지고 있으며…….

일루전 소식이 역시 가장 많았다.

-유저들의 항의가 빗발치는 가운데…….

이내 흥미를 잃은 무혁은 휴대폰으로 일루전 홈페이지에 접속했다. 게임은 캡슐을 통해서만 접속할 수 있지만 홈페이지는 모바일로도 접속이 가능했다.

자유 게시판 검색어에 가디언이라는 단어를 입력했다.

[제목 : 현재 트윈 오우거의 숲을 장악하고 있는…….]

[제목 : 가디언 길드, 피닉스 길드의 싸움이…….]

여러 가지 게시물이 떠올랐다.

가장 위에서부터 하나씩 일일이 확인했다.

흐음.

대략 30분을 살폈을 즈음이었다.

[내용 : 우연히 트윈 오우거 서식지를 돌아다니다가 던전 점령하고 있는 가디언 길드원을 발견했는데 분위기가 심상치 않더라고요. 고함을 치는 길드장도 보였고 말이죠. 대충 듣기로는 뭐 던전에 몰래 난입한 유저 때문에 계속 기다리고 있었는데 갑자기 던전 입장이 가능해졌다는 얘기였어요.]

또 다른 게시물.

[내용 : 지금 피닉스 길드가 가디언 길드한테 발렸잖아요. 그래서 탐색조였던 사람들이 가디언 길드에 정보를 팔고 척살령에서 제외되었다고 하더라고요.]

그렇게 하나씩 정보가 취합되어 갔다.
무수한 게시물을 읽던 무혁의 눈길이 멈췄다.

[내용 : 그 던전, 엄청 쉽다던데요? 3층까지 있는데 마지막 보스가 다크나이트래요. 근데 엄청 약하다고 하더라고요. 기술도 사용하지 않고…….]

지금까지의 조각났던 정보들이 하나가 된 탓이었다.
흐음, 그러니까…….
피닉스 길드의 탐색조가 던전을 클리어했고 그들은 던전의 상세한 정보를 가디언 길드에 넘겼다.
현재 가디언 길드가 장악한 던전은 유니크. 3층으로 이루어져 있기 때문에 클리어하는 데 시간이 조금 걸리지만 난이도는 그리 어렵지 않다는 것. 마지막에 나오는 다크나이트는 기술을 사용하지 않고 말을 탄 채 무작정 돌진만 한다는 사실까지.

아마도 정보를 들은 가디언 길드원 한 사람이 주변 이에게 이야기를 했고, 그 이야기가 조금씩 퍼진 것이리라.

덕분에 알게 되었다. 퀘스트가 던전에 영향을 줬음을.

확실해.

이것은 행운이다. 퀘스트와 연관이 있는 던전을 클리어하면 높은 확률로 두개골을 얻을 수 있을 테니까. 물론 몇 번 더 경험해 봐야 확실히 알 수 있겠지만.

그때였다.

끼이익.

서재의 문이 열렸다.

"음?"

아버지 강선우가 무혁을 보고선 안경을 고쳐서 썼다.

"언제 온 거냐?"

"아, 한 10분 전에요."

"그래?"

"네."

"밥 먹고 가라."

"그럴게요."

부드러운 말투는 아니었다. 하지만 아버지는 원래 그랬다.

무뚝뚝한 성격.

하지만 무혁은 알고 있다. 전신마비가 되었을 때 무혁의 병원비를 구하기 위해 삶을 바쳐 고군분투했던 그의 모습을 말이다.

"크흠."

아버지는 거실 소파에 앉더니 테이블 위에 놓인 신문을 펼쳤다. 마침 어머니의 목소리가 들렸다.

"아들, 누나 좀 데리고 나와."

"응."

대답과 함께 강지연의 방문을 열고 안으로 들어갔다.

구석에 놓인 캡슐 외곽에 설치된 단추를 눌렀다.

한 번, 두 번, 세 번.

나올 때까지.

마침내 캡슐의 문이 열렸다.

치이익.

그러곤 일그러진 표정의 누나 강지연이 보였다.

"엄마! 내가 알아서 나간다고……."

말을 하던 그녀가 무혁을 보곤 외쳤다.

"야, 너 뭐야!"

"뭐긴, 동생이지."

"아, 짜증 나!"

긴급 호출 버튼을 누르면 게임 속에서 뇌를 뒤흔드는 것만 같은 강력한 소리를 듣게 된다. 도저히 나오지 않고는 버틸 수 없을 정도다. 그 탓에 중요한 퀘스트를 하고 있더라도, 혹은 사냥을 하는 와중이라도 중단하고 나와야만 하는 것이다.

무혁은 알면서도 모르는 척했다. 어깨를 으쓱거리면서.

"난 그냥 부르라고 해서 그런 것뿐이야."

"으으, 너……!"

한바탕 격전이 시작되려는 찰나.

"어서 와서 밥 먹어! 아빠 기다리신다!"

그 말에 강지연은 목구멍까지 치솟았던 단어들을 속으로 꾸역꾸역 밀어 넣었다.

"나중에 두고 봐."

"그러든지."

무혁은 웃으며 누나의 뒤를 따랐다.

오랜만에 놀리니 재밌달까, 아무튼 그런 감정에 괜스레 웃음이 새어 나왔다.

"웃지 마!"

그에 강지연이 고개를 돌려 빽 소리를 질러댔다. 그 고함에 부엌 식탁에서 앉아 기다리고 있던 강선우가 한마디 했다.

"어허."

그게 전부였으나 강지연은 입을 꾸욱 다물었다. 아버지란 존재는 그런 것이니까.

"밥 먹자."

"잘 먹겠습니다."

함께 먹는 저녁.

오랜만이네.

역시 혼자보다는 가족과 함께 있을 때 더 즐거웠다. 올 때마다 묻는 이혜연의 저 질문만 아니라면 말이다.

"회사는 잘 다니고 있고?"

"어어, 잘 다니지……."

"그래, 열심히 다녀야지. 사람들하고는 잘 지내지?"

"그럼."

거짓말을 하니 속이 조금 찔렸다.

에휴.

그렇다고 진실을 밝힐 순 없었다. 시간이 조금 더 흘러 확실한 무언가를 보여줄 수 있게 되면 말할 생각이었다.

그때까지 들키지 않아야 할 텐데.

"그래, 내일 일요일이니까 푹 쉬고."

"으응."

강선우까지 거들었다.

"많이 먹어라."

"네, 아버지도요."

불편함과 행복함.

두 가지가 어우러진 기묘한 시간이었다.

다음 날.

어쩌다 보니 오랜만에 부모님 집에서 잠을 자게 되었다. 예전에 사용하던 무혁의 방이 마치 지금 당장 쓰고 있는 것처럼 깨끗한 상태였기에 별문제가 없었다.

평소처럼 아침 일찍 눈을 떴지만 헬스장이 멀어서 그곳까지 갈 순 없었다.

가볍게 조깅이나 할까.

모자를 쓴 후 집에 있던 운동복을 입고 방에서 나왔다.

"음? 벌써 일어났어?"

어머니 이혜연이 아침을 준비하고 있었다.

"응, 운동 좀 하고 올게."

"웬 운동?"

"요즘 매일 하거든."

"그랬어? 아침 먹어야 되니까 금방 들어오고."

"응."

밖으로 나가 근처 공원으로 향했다. 아침부터 사람이 꽤 많았다. 그곳에 끼어 무혁도 운동을 시작했다. 가볍게 공원을 돌고 안에 놓인 운동기구를 이용해 몸을 풀어줬다. 대략 40분을 그렇게 움직이니 어느새 땀이 등을 적신 상태였다.

오늘은 여기까지만 할까.

어차피 가볍게 할 생각이었기에 공원을 나왔다. 집으로 가는 길에 편의점에 들러 음료수 하나를 골랐다.

줄이 꽤 있었기에 기다리고 있는데 마스크를 착용하고 모자를 쓴 누군가가 안으로 들어섰다. 키와 몸집만으로도 여성임을 알 수 있었는데, 그녀는 무혁의 옆을 스쳐가다가 움찔했다.

"너……!"

무혁은 고개를 갸웃거렸다.

아는 사람인가?

하지만 눈밖에 보이지 않아 알 수가 없었다.

"누구?"

"아, 아니에요."

그러더니 뒤쪽 진열 코너로 들어갔다.

이상한 사람이네.

그사이 무혁의 차례가 왔다.

"계산이요."

"네, 1,500원입니다."

값을 지불한 후 편의점을 나서며 힐끔 뒤를 돌아봤다. 얼굴을 가린 그녀가 자신을 주시하고 있었다.

눈이 마주치자 깜짝 놀랐는지 시선을 피하는 그녀.

뭐야……?

찝찝한 마음을 감추며 서둘러 걸음을 옮겼다.

그 모습을 빤히 바라보던 그녀.

"이 근처에 산다 이거지?"

오크 부락지의 깊숙한 곳. 오크 대전사가 나타나는 그곳에서 한 번 마주쳤던 사람이 분명했다.

그날 얼마나 쪽팔렸는데……!

자신의 말을 무시하고 함정에까지 빠뜨렸던 그 남자. 그를 지금 이곳에서 만난 것이다.

얼굴 기억하고 있어. 두고 봐.

한때는 아이돌 멤버였던, 그리고 지금은 모 프로그램의 MC를 맡고 있는 유라였다.

몸이 으슬으슬했다.

왜 이렇게 싸해?

좋지 않은 기분과 함께 집에 도착한 무혁은 샤워를 하고 나왔다. 부엌에는 어느새 아침상이 차려져 있었다.

역시 맛있어.

혼자 지내면서 이 맛이 얼마나 그리웠던가.

"맛있어?"

"응, 맛있어."

"어이구, 벌써 다 먹었네? 밥 더 줄까?"

"한 숟가락만."

이혜연이 무혁의 그릇에 밥을 담았다.

"아, 너무 많은데……."

"한 숟가락이야. 다 먹어."

이게 한 숟가락이라고? 한 열 숟가락은 되겠는데.

실없는 생각을 하며 고개를 끄덕였다. 그렇게 두 그릇을 비우니 배가 빵빵하게 차올랐다.

"후아, 배 터지겠네."

숟가락을 자리에 내려놓았다.

"잘 먹었습니다."

이후 거실 소파에 앉아 과일을 먹으며 이런저런 이야기를 나눴다. 강선우는 정치나 경제, 이혜연은 회사, 강지연은 일루전을 주제로. 각자의 관심사에 대한 이야기가 오갔다.

그러다 어느새 가족들 모두가 일루전에 대해 이야기하기 시작했다.

"세상이 참 빨리 변해."

"그러게요, 여보."

"일루전이라……. 처음에는 안 좋게만 보였는데 이젠 어디를 가도 일루전 이야기만 들려. 내 친구 녀석은 일루전에서 사업을 한다더구만."

"정말요? 그게 가능해요?"

"엄마, 요즘 일루전 장난 아니야. 일부러 상인으로 시작해서 사업하는 사람도 엄청 많다고."

"돈이 되니?"

"그럼, 그냥 사냥하고 레벨만 올려서 랭킹에 든 유저들도 방송타고 아이템 팔아서 한 달에 수천만 원 이상씩 벌걸?"

"수, 수천만 원?"

"그렇다니까. 나 이번에 또 아이템 괜찮은 거 하나 얻어서 80만 원 벌었지롱!"

그 말에 아버지가 고개를 끄덕였다. 이미 사회에서 많은 걸 경험하는 아버지는 일루전이 정말 거대하다는 걸 인정하는 듯 했다. 어머니는 이제야 조금씩 이해를 하려는 상황이었고.

으음, 나쁘지 않아.

그 모습을 보며 조금이나마 안도했다. 훗날 일루전에 올인하고 있음을 밝힐 때 도움이 될 테니까.

"잘 봐. TV만 틀어도 전부 일루전 이야기니까."

그때 강지연이 TV를 틀었다.

-오늘은 길드전에 대해서 집중적으로 조명을…….

그녀의 말대로였다.

어디를 틀어도 일루전, 또 일루전이었다. 물론 모든 채널이 그런 건 아니었지만 십여 개의 채널 중에서 3, 4개가 일루전에 대해 이야기를 하고 있으니 이 정도 과장은 기본이었다.

뭐, 아무리 과장을 한다 해도 대단한 건 분명한 사실이었고.

"어때?"

"대단하네……."

마침 길드전 장면이 나왔다.

각종 마법, 기술, 그리고 현란한 움직임으로 무장한 유저들이 적대 세력을 짓누르기 위해 전장을 누빈다.

그 압도적인 광경.

광활한 공간.

누구라도 가슴이 뛸 수밖에 없었다.

"어머, 어머……."

어머니는 영상에 감탄했고.

"아……."

끝나는 순간 탄성을 내뱉었다. 집안일을 하느라 바빴고 또 드라마를 보느라 무관심했었기에 알지 못했던 것들. 누구라도 빠질 수밖에 없는 광경에 그녀도 넋을 놓았다.

뒤늦게 정신을 차리고.

"우리 딸……."

"응?"

"저거 엄마도 한번 해볼 수 있지?"

마치 젊은 시절로 돌아간 것만 같은 설레는 표정의 이혜연. 그녀의 말을 차마 거절할 수는 없었다.

"그, 그럼."

강지연은 어색하게 웃으며 대답했다.

제5장
정령 파이터

점심까지 먹고 집으로 돌아온 무혁은 멍하니 침대에 누워 있다가 무언가 생각난 듯 어딘가로 전화를 걸었다.

-여보세요?

성민우였다.

"여, 레벨 몇이냐?"

-나, 39다!

"오, 38까지 찍겠다더니. 넘겼네?"

-기본이지. 난 한다면 하거든! 넌 레벨 몇인데?

무혁이 희미하게 웃었다.

"나 42."

-…….

침묵이 흐른다.

-휴대폰이 미쳤나 봐. 잘 안 들리네?

"42라고."

-아무래도 내 귀가 맛이 갔나 보다.

"크큭, 42라고."

-진심이냐?

"그래."

-미친놈.

"야, 됐고. 너 직업이 뭐였지?"

-어, 나 원래는 무투가였는데 이틀 전에 이상한 직업으로 전직했어.

"설마, 시크릿?"

-글쎄, 처음 듣는 직업이긴 한데…….

"직업명이 뭔데?"

-정령 파이터.

무혁의 눈이 반짝였다.

정령 파이터.

그걸 성민우가 발견했을 줄은 몰랐다.

뭐, 하긴. 전신마비로 누워 있는 친구한테 일루전에서 얻은 시크릿 직업을 자랑할 녀석은 아니니까.

"오늘 시간 있냐?"

-있지, 왜?

"파티 사냥이나 하자."

-오호, 좋지! 어디서 볼까?

"음, 일단 헤밀 제국 광장으로 와."

-오케이! 언제?

"50분 뒤에."

-알았어, 조금 있다 보자!

"그래."

전화를 끊은 무혁은 일루전 홈페이지에 들러 게시판을 돌아다녔다. 죽음 페널티가 끝나지 않아 시간을 때우기 위함이었다.

그러다 공지 게시판에 들렀고 30분 뒤 홈페이지가 개편된다는 이야기가 들려왔다. 걸리는 시간은 2시간.

상세 내역을 확인하니 앞으로는 정보 게시판에서 가장 많이 팔린 10개의 게시물이 순위대로 보이도록 한다는 내용이 있었다. 또한 본인의 동영상을 개인적으로 유료로 전환할 수 있으며 조회 수 1당 50원을 지급한다는 내용도 있었다.

본격적이네.

자유 게시판과 팁 게시판도 마찬가지였다. 자유 게시판과 팁 게시판의 모든 게시물은 무료지만 탑 3에 들면 일루전 측에서 조회 수 1당 2원을 지급한다고 나와 있었다.

게시물 작성은 오직 개인만이 가능하며 기업은 불가. 방송국이나 거대 업체가 끼어들 일은 없는 것이다. 즉, 유저를 위한 시스템이었다.

드디어 나왔네.

자유 게시판과 공략 게시판은 무료이기에 정보 게시판이나 유료 동영상의 조회 수와는 차원을 달리한다.

현재 대충 살펴본 것만으로도 정보 게시판에서 조회 수가 유난히 높은 건 대략 500만에 달했는데 1당 5원으로 치더라도 그 금액이 무려 2,500만 원이었다. 물론 몇 개월에 걸쳐서 쌓인 조회 수이긴 하지만 그래도 작지 않은 금액인 건 확실했다.

게다가 이 시스템이 활성화되면 좋은 정보가 무료로 풀릴 가능성이 높아진다. 재밌는 글도 쏟아질 테고 그만큼 게시물을 탐독하려는 유저의 수도 늘어날 것이다.

그러면 조회 수 1천만을 넘기는 것도 불가능은 아니었다. 1천만을 달성하게 되면? 일루전 측으로부터 누적 5천만 원을 받게 되니 그 또한 부수입으로는 짭짤하고도 넘칠 터였다.

나도 종종 올려볼까.

인기 있는 글은 어떤 종류일까. 조회 수가 유독 높은 게시글을 몇 개 확인했다.

흐음.

그리고 조회 수가 낮은 것도.

확실히 다르네.

조회 수가 높은 글은 특징이 있었다. 일루전에 관한 정보, 혹은 잡담. 내용은 모두 달랐지만 술술 읽힌다는 점이 같았다. 어느새 끝까지 읽고 나서는 피식 웃거나 오호 하고 감탄을 내뱉는 스스로를 발견했다.

그때였다.
홈페이지에 또다시 공지가 올라왔다.

[제목 : 5분 후 홈페이지 서비스를 종료합니다.]
[내용 : 점검 시간은…….]

벌써 25분이 지난 것이다.
무혁은 홈페이지에서 나온 후 캡슐로 들어갔다.
일루전에 접속을 시도했다.

[죽음 페널티가 끝나지 않았습니다.]
[3분 27초 남았습니다.]

줄어드는 시간을 가만히 바라봤다.

[3분 24초.]
[3분 23초.]
[3분 22초.]

정말 느렸다.
와아…….
미칠 지경이었다. 기다림의 시간은 너무나 더디게 흘렀다.

무언가에 집중할 때는 그렇게도 빠르게 흐르던 것이 지금은 아예 멈춰 버린 것만 같았다.

견디다 못한 무혁은 결국 캡슐에서 나와 쓸데없이 방을 돌아다니며 시간을 보냈다. 물 한 잔을 마시고 화장실로 향해 소변까지 눴다.

그리고 다시 접속했을 때.

[죽음 페널티가 끝나지 않았습니다.]

[0분 11초 남았습니다.]

아직도 10초나 남은 상태였다.

그래도 다행히 10초는 빨리 흘렀다.

[일루전에 오신 것을 환영합니다.]

게임에 접속하자마자 주변부터 살폈다.

가디언 길드에서 날 찾아내진 않겠지?

혹시나 하는 마음에 검을 제외한 모든 아이템을 인벤토리에 넣었다. 지니고 있던 허름한 방어구 몇 개를 착용한 후 약속했던 장소로 향했다.

헤밀 제국 광장.

그곳에 도착했으나 아직 성민우는 보이지 않았다. 무혁은 인벤토리에 넣어뒀던 아이템을 하나씩 살폈다.

방어력이 확실히 부족해.

무혁의 스탯은 힘, 민첩, 체력에 치중되어 있다. 그중에서도 특히 힘에 집중된 상태다.

그런데 힘이 너무 높아서 민첩과 체력이 상대적으로 낮았다. 몬스터를 직접적으로 상대해야 하는 입장에서는 조금 난감한 문제였다.

으음, 지금부터 활에 집중을 할까.

어차피 검을 휘두르나 화살을 날리나 대미지는 비슷하다. 그리고 더 안전하고.

강화 스켈레톤을 다시 살폈다.

방어력도 무혁보다 훨씬 뛰어나고 HP도 높다. 선두에서 몬스터의 공격을 충분히 막아낼 수준이었다.

그리고 내가 뒤에서 화살을 날린다?

애초의 계획보다 이른 시기지만 나쁘진 않았다. 지휘에 좀 더 집중할 수도 있겠고.

지휘와 원거리 공격. 두 가지에 집중해야 할 시기는 반드시 온다. 검의 옵션이 너무 좋아서 미루려고 했는데 가디언 길드와 얽히면서 생각이 바뀌었다.

어쩌면 놈들과 또 부딪칠지도 몰라.

머지않아 그들에게 정체를 들킬지도 모를 일이다.

그때 싸워야 한다면?

역시 스켈레톤을 앞세운 채 뒤에서 화살을 날리는 게 최고다. 앞으로 나서는 순간 그들에게 둘러싸여 죽음을 피하지 못할 테니까.

무혁은 경매 시스템을 켰다.

이참에 아이템을 바꿔야겠어.

필요한 것만 제외했다.

[무거운 부츠]

어떤 상황에서도 중심을 잃지 않는다.

방어력 2

민첩 +1

사용 제한 : 민첩 15

내구도 73/75

방어력은 낮지만 어차피 멀리서 화살을 쏘면 크게 신경 쓰지 않아도 된다. 그것보다는 중심을 잃지 않는 옵션이 중요하기에 계속 사용하기로 했다.

[재빠른 목걸이]

이동속도 +2%

공격 속도 +2%

사용 제한 : 민첩 15

내구도 70/85

[그로이언의 반지(성장)]

지혜 +7

지식 +3

MP(100)

MP 회복률(20) 상승

내구도 100/100

사용 제한 : '그로이언의 시험'을 통과한 자

[흑도금 반지]

반응속도 0.5퍼센트 상승

내구도 50/50

사용 제한 : 힘 10, 체력 10

[전투의 장갑]

공격력 10

힘 +2

내구도 70/70

사용 제한 : 힘 20

[지혜의 반지]

지혜 +2

MP 회복률(10) 상승

이건 전부 써야 하고.

반지만 3개였지만 어차피 10개까지 사용할 수 있으니 팔지 않기로 했다.

다른 아이템은…….

딱히 필요한 게 없었다.

전부 팔자.

지금까지 사용하던 투구, 갑옷, 벨트, 등 대부분의 물건을 즉시 판매로 지정했다. 어차피 비싸지 않은 것들이라 시세보다 조금 싸게 올렸다. 물론 즉시 판매로 올리기 아쉬운 아이템은 보류했다.

그러자 남게 된 것은 단 두 개. 스컬 지팡이와 혼이 담긴 장검이었다.

스컬 지팡이는 어떡하지.

나중에 메이지를 소환할 수 있게 되면 메이지에게 넘겨도 된다.

하지만…….

그것보다는 스컬 지팡이를 팔고 그 돈으로 비슷한 마법 대미지를 지닌 지팡이 두 개를 사는 게 더 이득이었다.

그래, 팔자.

방식은 경매. 시간은 48시간, 시작 가격은 100골드.

이건 기다리기만 하면 된다.

문제는 혼이 담긴 장검이었다. 이건 경매 시스템으로 판매하기엔 너무 아까웠다.

시간을 확인한 무혁은 아직 약속 시간까지 여유가 남았다고 판단, 서둘러 근처 경매장을 찾아갔다.

"어서 오십시오."

"공개 경매에 맡기려고요."

그 말에 안내원 NPC의 눈빛이 달라졌다.

"물건을 확인할 수 있을까요?"

"여기요."

혼이 담긴 장검을 건넸다.

"……!"

NPC의 표정이 변했다.

"이쪽으로……."

그를 따라 7층으로 향했다.

이곳의 총 책임자와 만나 이야기를 나눈 결과 공개 경매에 나가기에 충분하다는 결론이 나왔다.

아니, 충분하다 못해 넘친다고나 할까.

"공개 경매는 3일 후에 열립니다."

"몇 시죠?"

"오후 5시입니다."

"그럼 그때 뵙죠."

"알겠습니다. 물건은 지금 맡기셔야 합니다. 상인의 계약서를 작성하겠습니다."

"좋아요."

상인의 계약서. 신전에서 계약을 하게 되는 이것은 상인의 신이 지켜보는 계약으로 어길 경우 목숨을 잃게 된다. 그야말로 신뢰 100퍼센트의 계약이라고 볼 수 있었다.

"가시죠."

"네."

그와 함께 신전으로 향해 상인의 계약서를 작성했다.

이후 혼이 담긴 장검을 그에게 맡긴 후 다시 광장으로 향하면서 경매 시스템을 이용해 계속 생각하고 있던 MP 회복률 아이템을 맞추기로 했다.

어디 보자.

경매 시스템을 훑어봤다.

괜찮네, 이거랑…….

MP 회복률을 올려주는 반지부터 집중적으로 구매했다.

이거, 이것도…….

아이템 구입에 돈을 아끼지 않았다. MP 회복률은 필수였으니까. 덕분에 MP의 분당 회복률이 급증했다.

좋아, 이 정도면 되겠다.

경매 시스템을 끄자 저 멀리 손을 흔드는 유저가 보였다.

“여기!”

성민우였다.

웃으며 다가가는데 그가 고개를 갸웃거렸다.

“야, 너…….”

“왜?”

“아이템이 왜 그러냐?”

“아, 사용하던 것들 다 방금 전에 경매에 올렸어.”

“엥? 왜?”

“새로 구입하려고.”

“아, 진짜? 그럼 사냥은?”

“음, 잠시만.”

다시 경매 시스템을 열었다. 상세 검색을 통해 활만 나열되도록 만들었다.

현재 지닌 골드는 2,300가량.

제일 괜찮은 걸로.

그러다 하나의 활이 눈에 들어왔다.

[페가수스의 단궁]

공격력 81

힘 +2
추가 대미지 +5
내구도 120/120
사용 제한 : 힘 40, 체력 25
[즉시 판매 가격 : 150골드]

옵션이 정말 뛰어났다.

물론 활이 검보다 공격력 자체가 높은 편이다. 81이라면 검으로 치자면 60 수준일 뿐이니까.

그럼에도 불구하고 다른 옵션이 매우 뛰어나서 적어도 50레벨 중반까지 사용하기에 아무런 문제가 없어보였다. 조금 무리하면 60까지도 충분히 사용이 가능할 정도였으니까.

한 가지 걸리는 점이라면 사용 제한이었는데 체력이 25에 힘이 무려 40이었다.

50레벨 중반대의 유저도 감당하기 어려운 스탯이었다. 몇 가지 히든피스를 찾아 스탯을 올렸다면 어떻게 감당이 되긴 하겠지만 그런 유저들은 애초에 더 좋은 무기를 사용할 터였다. 그러니 150골드에 올려도 팔리지 않는 것이었고.

하지만 무혁에게는 아니었다. 힘 1개가 붙어 있던 갑옷과 힘 3개가 붙어 있던 장검을 벗었음에도 저 사용 제한을 감당할 수 있었던 것이다.

다행히 딱 40이네.

고민은 짧았다.

[구입하시겠습니까?]

[Yes/No]

예스를 누르자 골드가 차감되고 단궁이 인벤토리에 들어왔다. 경매 시스템을 끄고 그것을 꺼내자마자 성민우가 눈을 빛내며 다가왔다.

"오오, 뭐야, 지금 산 거야?"

"응."

"한번 보자!"

"그러든지."

무혁이 웃으며 단궁을 내밀자 성민우가 손을 뻗었다.

['강철주먹' 님이 단궁의 성능을 확인하고자 합니다. 허락하시겠습니까?]

[Yes/No]

허락과 함께 그의 탄성이 뿜어졌다.

"허, 허억……!"

공격력에서부터 놀란 것이다.

"이런, 미친!"

거기에 옵션까지.

"너…… 이거 사용은 가능하냐?"

마지막으로 사용 제한까지.

"응, 아슬아슬하게."

"허어, 스탯이 완전 괴물이네?"

"알잖아."

"아아, 알지. 그럼."

두 번의 던전과 칭호의 효과이겠지.

성민우는 그렇게 납득하고 넘어갔다.

"근데 얼마냐, 이건?"

"150골드."

"허어……. 대박이네."

"괜찮지? 일단 사냥부터 하자."

"아아, 그래. 근데 무기만 있으면 되겠어?"

"충분하지."

"흐음, 나도 탱커 역할은 안 되는데."

"아……."

그제야 깨달았다.

이 녀석, 내 직업 모르는구나.

알려주지 않았으니 당연한 일이었다. 미처 그 사실을 깜박하고 있었다. 아마도 지금은 궁수라고 여기고 있을 터였다. 그런데 네크로맨서라고 밝힌다면? 여러 가지 질문 공세를 퍼붓겠지. 하지만 성민우라면 상관없다고 여겼다. 입이 무거운 편이니까. 그 정도로 믿고 있었다.

"내가 할 수 있어."

"엥? 네가 무슨 수로?"

"나 궁수 아니거든."

"음? 그럼?"

무혁은 말하려다 다시 입을 다물었다. 주변에 유저가 많은 탓이었다.

"일단 가자."

"어, 어어."

성민우를 이끌고 서문으로 향했다. 사냥터를 지나 조금 더 깊숙한 곳으로 나아갔다. 유저들이 군데군데 있었지만 목소리를 낮춘다면 들리지 않을 거리는 되었다.

"나 네크로맨서야."

"어? 뭐라고?"

"내 직업 네크로맨서라고."

그러면서 스켈레톤을 소환했다.

키릭, 키리릭.

나타난 강화 스켈레톤과 검뼈, 활뼈들.

성민우의 입이 벌어졌다.

"뭐, 뭐야, 도대체!"

경악 서린 표정으로 무혁을 바라봤다.

"너, 미쳤어? 네크로맨서가 무슨 스탯을 그따위로 올려?"
"일단 목소리부터 낮춰."
"지금 그게 중요하냐!"
"중요해."
"……."
"내가 하는 말은 비밀로 지켜주고."
"그거야 당연한 거고."
무혁이 부드럽게 웃었다.
"그래, 실은 내가 숨겨진 정보를 하나 알게 되었거든."
"숨겨진 정보?"
"응, 소환수들이 스탯에 영향을 받더라고. 좀 더 정확하게 말하자면 내가 지닌 스탯의 20퍼센트 정도를 소환수가 갖는다고 해야 하려나?"
"뭐……?"
"정령 파이터라고 했지?"
"으, 으응."
"정령한테도 적용되는 사실이야."
현재 성민우의 스탯은 힘, 민첩, 체력에 치중된 상태였다. 애초의 직업이 무투가였으니 당연한 일이었다.
그러다 우연치 않게 강제적으로 정령 파이터로 직업이 바뀌게 되었다. 시크릿 직업이라고는 하지만 정령이라는 단어만으로도 스탯에 대한 고민을 안겨주기엔 충분했다. 그런데 지금 무혁의 말을 들으며 그 모든 고민이 헛되었음을 깨달았다.

"스탯의 20퍼센트……?"

"뭐, 어쩌면 더 많을 수도. 직업마다 다르니까."

"으음……."

무혁은 알고 있다.

정령 파이터 역시 조폭 네크로맨서와 마찬가지로 30퍼센트의 스탯을 정령들이 갖는다. 하지만 그 사실까지 알려줄 순 없었기에 20퍼센트라고 속인 것이다.

"지금 장비들 옵션이 뭐야?"

"어, 그게……."

"힘, 민첩, 체력. 각각 몇이야?"

"힘이 2, 민첩이 1, 체력이 5네."

"그럼 체력 옵션 붙은 거 다 해제해 봐."

"어어."

성민우가 착용하고 있던 아이템을 벗었다.

"지금 상태로 정령 소환해 봐."

"윈드 소환."

그 순간 주변에서 바람이 몰아쳤다.

부드러우면서도 잔잔한, 하지만 그 속에 날카로움이 깃든.

"스탯 확인할 수 있지?"

"응."

"지금 스탯하고 아이템 착용한 후의 스탯하고 비교해 봐."

성민우가 장비를 다시 착용했다.

그러곤 입을 벌렸다.

"허어, 진짜네……."

체력이 최소한 1은 올랐을 것이다.

"누구한테도 알리지 마. 솔직히 이거 엄청난 정보거든."

성민우도 바보는 아니었다.

만약 이 정보를 정보 게시판에 유료로 올리거나 일부 소환 계열 랭커 또는 거대 길드장에게 비밀리에 정보를 판다면?

상상할 수도 없는 거액을 만질 수 있을 것이다. 그런 정보를 지금 자신에게 알려준 것이다.

"당연하잖아!"

"이걸 토대로 남들보다 빠른 성장을 해보자고. 어쩌면 랭커도 가능하지 않겠냐?"

랭커라고?

가슴이 크게 뛰기 시작했다.

"시발……. 네가 최고다!"

절로 욕이 튀어나올 만큼 말이다.

정령 파이터. 네 가지 속성의 정령을 소환하는 직업이다.

바람의 정령, 윈드. 주인을 보다 빠르게 만들며 적의 움직임을 방해할 수 있다. 바람과 관련된 마법을 부릴 줄 아는 녀석이다.

불의 정령, 파이어. 적에게 불과 관련된 공격을 가하며 네 가지 속성 중에서 가장 공격력이 뛰어나다.

땅의 정령, 어스. 공격 마법은 없으나 보조 마법이 뛰어난 정령이다. 빠르게 줄기를 키워 적을 묶을 수 있고 멀쩡한 땅을 솟구치게 하거나 또는 꺼지게 하여 교란할 수 있는 특징을 지니고 있다.

물의 정령, 워터. 불의 정령과 더불어 공격 마법이 꽤나 뛰어난 편이다.

그런 네 가지 정령을 다루며 근접에서 전투를 치르는 직업이 정령 파이터다.

지금은 형상이 흐릿하지만 50레벨이 지나 진화를 거치게 되면 주인의 캐릭터에 영향을 받아 형태가 변화한다. 힘, 민첩, 체력을 위주로 올릴 경우 정령은 그에 걸맞은 형태의 모습으로 바뀌며 또한 실제로 만질 수 있게 된다.

각 속성이 지닌 특징까지도 보다 좋게 진화하는 것은 물론이고 육체적인 타격이 가능해지는 것이다. 그때부터는 네 속성의 정령과 어우러지며 전투를 벌일 수 있게 된다.

그 모든 사실을 알지만 상세하게 알려줄 수는 없었다. 대신 스탯에 관해 언급할 뿐이었다.

"무조건 근접으로 스탯 올려."

"지식, 지혜는?"

"아이템으로 때우고."

"으음, 알았어. 한번 해보자고."

무혁의 말을 듣는다면 분명 대단한 캐릭터가 될 테니까.

"근데 뭐 잡지?"

정령 파이터. 보조에 공격까지 가능한 정령들이기에 스켈레톤과 궁합이 잘 맞을 것 같았다. 애초에 생각해 뒀던 몬스터가 역시 제격일 것 같았다.

"흑귀목."

귀목의 숲에 위치한 흑귀목. 성인 남자의 손바닥보다 짧은 팔과 다리를 지니고 있으며 몸통이 존재하지 않는 대신 길이만 1.5미터에 달하는 거대한 얼굴을 지닌 몬스터다.

레벨은 47로 그에 걸맞게 피통이 매우 컸다. 공격력도 강해서 까다롭다고 볼 수 있지만 대신 움직임이 느리다는 단점을 지닌 녀석이다.

땅의 정령과 바람의 정령으로 움직임을 방해하고 거기에 둔화의 독까지 사용한다면 아주 쉬운 놈으로 전락하리라.

"에에? 47짜리?"

"응."

"무리…… 아닐까?"

"아니, 충분해."

성민우는 고민스러운 표정이었다.

아직 40레벨도 안 되었는데 47짜리 몬스터라니. 지금까지는 비슷한 레벨의 몬스터를 잡아왔고 또 그럼에도 힘에 부쳤던 게 사실이라 꺼리는 마음이 없지 않아 있었던 것이다.

그 기색을 읽은 것일까.

“일단 가서 한 마리만 잡아보자. 그러고 정하면 되잖아.”

“으음, 그래. 네가 그렇다면야…….”

찝찝한 표정의 성민우를 끌고서 겨우 흑귀목의 숲에 도착할 수 있었다.

듬성듬성 뿌리를 내린 나무 사이로 돌아다니는 한 마리의 흑귀목을 발견했다.

“준비하자.”

“오케이. 정령 소환.”

“내가 유인할게. 스켈레톤 소환.”

강화 스켈레톤과 검뼈에게는 대기 명령을 내렸다.

활뼈, 준비.

그러자 활뼈가 갈비뼈를 뽑아 시위에 걸었다. 무혁은 둔화의 독을 뼈 화살의 끝에 묻힌 후 그 역시 공격할 준비를 했다.

“후우…….”

시위를 강하게 당긴 후 목표물을 바라본다.

느긋하게 돌아다니는 흑귀목.

놈의 거대한 얼굴을 바라보며 시위를 놓았다.

파앙!

날아가는 무혁의 화살.

그 뒤를 쫓아가는 네 대의 뼈 화살이 목표물과의 거리를 좁힌다. 이윽고 놈의 얼굴 상단, 하단, 좌, 우측에 화살이 꽂혔다. 아쉽게도 무혁의 화살만이 애꿎은 허공을 갈랐다.

쩝…….

아직은 활을 다루는 것에 미숙한 탓이었다.

그래도 충분히 대미지를 줬다. 둔화의 독까지 걸린 탓에 움직임이 매우 느려졌다. 분노한 표정으로 다가옴에도 불구하고 여유가 있었으니까.

"알지?"

"그럼."

성민우도 바보가 아닌 이상 어떻게 해야 할지 알고 있었다.

"윈드."

동시에 바람이 거세게 불더니 다가오는 흑귀목의 움직임을 더욱 느리게 만들었다. 그사이 다시 화살 몇 대가 허공을 누볐다.

팡, 파방!

쉴 새 없이 화살이 쏘아졌다.

키르르르!

그럼에도 흑귀목은 꿋꿋하게 다가왔다. 꽤나 거리가 좁혀졌을 즈음.

"어스."

바닥에서 나무 줄기가 치솟더니 흑귀목의 얼굴을 휘감았다.

파밧.

그 순간을 기다리고 있던 강화 스켈레톤과 검뼈들이 앞으로 질주했다. 가장 빠른 속도로 움직인 강화 스켈레톤의 방패가 흑귀목의 얼굴을 때렸다.

콰앙!

반동으로 튕겨진 강화 스켈레톤과 마침 도착한 검뼈들과의 합동 공세가 펼쳐졌다.

검이 무차별적으로 휘둘러졌다.

서걱, 서걱.

흑귀목의 얼굴에 생채기가 생겨났다.

그곳에서 흘러나오는 은빛.

키르르르르!

통증 때문일까, 아니면 분노한 탓일까. 놈은 괴성을 지르며 짧은 팔을 휘둘렀다. 그러자 그곳에서 줄기가 튀어나오더니 검뼈3과 강화 스켈레톤의 가슴을 때렸다.

검뼈3은 힘없이 뒤로 날아갔지만 강화 스켈레톤은 한 걸음을 물러날 뿐이었다. 그러곤 아무 일도 없었다는 듯 다시 거리를 좁히며 흑귀목을 공격했다.

그 모습을 보며 무혁은 웃었다.

역시, 단단해.

그 순간 불덩어리가 쏘아졌다. 성민우의 정령, 파이어의 공격이었다.

콰앙!

폭발과 함께 불꽃이 흑귀목을 휘감았다.

키르륵!

보통은 한 번의 폭발과 함께 타격을 입으면 끝났을 상황이었다. 그런데 불에 약한 속성을 지닌 탓에 폭발로 인해서 번진 불꽃이 꺼지지 않고 놈을 끝없이 태우고 있었다.

발광하는 흑귀목에게 꽂히는 화살과 검의 세례.

"후읍……!"

무혁의 화살 공격까지.

[크리티컬이 터집니다.]

[360의 대미지를 입힙니다.]

생각보다 쉬웠기 때문일까. 성민우가 조금 어리바리한 표정을 지었다.

"어, 뭐야……."

"왜?"

"내가 나설 것도 없잖아."

그러면서 다시 파이어에게 공격을 지시하는 성민우였다.

"생각보다 쉽지?"

“그러네. 47레벨 몬스터라 조금 쫄았었는데 말이야. 그건 그렇고 저 뼈 갑옷 입은 스켈레톤이 엄청난데?”

“스탯도 장난 아니야.”

“얼만데?”

“들으면 놀랄 텐데.”

“그러니까 더 궁금하잖아. 말해봐. 몇이야?”

“힘은 20대.”

성민우의 눈동자가 떨렸다.

“노, 높네…….”

“민첩도 20대.”

“허어, 아이템이라도 찬 거야?”

“검이랑 방패만.”

“근데도 그렇게 높아?”

힘과 민첩만 봐도 최소 40의 수치다. 기본 6을 제외하고 검과 방패의 스탯을 뺀다고 하더라도 추가적으로 붙은 스탯이 무려 30이 넘는다.

문득, 성민우는 의아함을 느꼈다.

잠깐…… 체력이 남았잖아?

그제야 무혁을 바라봤다.

“왜?”

“체, 체력은?”

“아, 체력은 30대야.”

"……!"

경악 그 자체였다. 머리가 혼란스러웠다.

초, 총 스탯이 몇이야?

"70이 넘네……?"

"어쩌다 보니."

"미친……!"

문득 궁금해졌다.

"넌?"

"응?"

"네 스탯 총합은 얼마야?"

"저 녀석보다 조금 높아. 아이템 덕분에."

--------!

그건 더 충격이었다.

"미쳤구나. 세상이 미쳐서 돌아가는구나!"

무혁은 피식하고 웃었다.

그사이 흑귀목이 쓰러지고 경험치가 들어왔다.

놈에게 다가가서 스킬을 사용했다.

[사체 분해를 시작합니다.]

[……]

[사체 분해를 종료합니다.]

[특수한 목재(×2)를 획득합니다.]

목재를 가방에 넣은 후 고개를 돌렸다.

"뭐 해?"

아직까지도 멍하니 있던 성민우가 입을 열었다.

"던전이랑 칭호 때문이야?"

"뭐, 그렇지."

갑작스런 물음이었지만 대답해 줬다.

"그렇구나……."

"다음에 찾으면 같이 가자."

"진짜지?"

"그래, 대신 너도 찾으면 나 불러라."

"오케이, 거래 성립!"

그제야 밝아진 표정으로 앞장을 서는 성민우였다.

정령 네 마리가 번갈아 가며 공격과 보조를 한다.

활뼈의 뼈 화살이 흑귀목의 얼굴에 박히고 검뼈의 공격이 상처를 만든다. 분노한 흑귀목의 공격은 강화 스켈레톤이 막아줬다.

키릭, 키리릭!

키르르르르!

스켈레톤 특유의 소리와 흑귀목의 포효.

무혁과 성민우는 전투를 바라보며 한가롭게 대화를 나눴다.

"참, 쉽다. 이게 말이 되냐?"

"그러게."

솔직히 무혁도 의외였다.

이 정도일 줄이야.

그만큼 성민우가 부리는 네 마리 정령과 스켈레톤의 호흡이 좋았다. 강화 스켈레톤의 위력 역시 무시할 수 없었고 말이다. 스탯만 본다면 방어에 특화된 40레벨 후반의 유저와 비교해도 크게 밀리지 않을 정도였으니까.

물론 그들과 직접적으로 비교한다면 강화 스켈레톤이 조금 밀리기는 한다.

스킬의 차이지.

그러나 무혁에게는 쪽수가 있다. 그리고 무엇보다도 100레벨이 되면 2차 진화를 마친 스켈레톤에 한해서 특성에 맞는 스킬 1개가 랜덤으로 주어진다.

만약 2차 진화를 마친 스켈레톤이 10마리라면? 혹은 20마리라면? 그들이 1개씩의 스킬을 지닌 채 상황에 맞게 사용한다면? 그야말로 일당백. 무혁이 원하는 최고의 캐릭터가 되는 것이다.

"잡았다."

"아, 그래?"
생각을 멈추고 사체 분해를 했다.

[특수한 목재(×1)를 획득합니다.]

이후 또 다른 흑귀목을 찾기 위해 주변을 돌아다녔다.
생각보다 유저가 있었지만 확실히 50레벨 유저들의 사냥터로 인식이 되어서인지 자리가 꽤 비어 있는 상태였다.
덕분에 사냥은 순조로웠고 극악의 레벨 업 속도라고 일컬어지는 일루전에서 성민우는 처음으로 쾌속의 레벨 업을 경험하고 있었다.

마궁수 미르.
그녀의 스킬은 물리 공격력과 마법 공격력으로 혼합되어 있었다. 그 탓에 무기를 고르기가 애매했다.
지금까지는 별수 없이 물리 공격력을 위주로 구입해서 사용해 왔었지만 시간이 지날수록 버거워짐을 느꼈다.
이래선 안 돼.
문제는 해결할 방법이 없다는 점이었다.
물리와 마법 대미지 두 가지가 붙은 무기가 존재할까?

아직까지는 한 번도 본 적이 없었다.

"하아……."

헛된 희망을 품으며 오늘도 경매 시스템을 확인했다.

활…… 활…….

하지만 아무리 찾아도 없었다.

역시 없나.

경매 시스템을 끄고 힘겨운 사냥을 이어갔다.

휴식 시간. 다시 시스템을 확인했다. 실수로 활이 아닌 지팡이를 눌렀지만 그 사실을 모른 채 미르는 가장 위에 떠 있는 무기에 눈길을 줬다.

[Hot Issue 무기]

[스컬 지팡이]

해골 머리가 끝에 매달려 있는 지팡이다. 변형 마법이 내재되어 있다.

공격력 55

마법 공격력 75

지혜 +1

MP 회복률(10) 상승

내구도 200/200

사용 제한 : 힘 25, 민첩 10, 체력 15

[경매]

[남은 시간 : 2시간 22분 18초]
[현재 입찰 가격 : 187골드]

스컬 지팡이?
잘못 눌렀음을 인지한 그녀가 무기 종류를 변경하려는 순간.
변형 마법……?
그 단어가 눈길을 끌었다.
어……?
게다가 공격력과 마법 공격력 두 가지가 내재되어 있었다.
이, 이럴 수가.
존재하고 있었다. 두 가지 공격력이 동시에 붙어 있는 무기가 말이다. 그녀는 흥분했다.
변형 마법? 과연 무엇으로 바뀐다는 걸까? 검일까? 혹시, 혹시 활은 아닐까?
그녀는 다급히 스컬 지팡이를 누른 후 문의 버튼을 클릭했다.

이틀간 성민우와의 사냥으로 레벨 하나를 올렸다.
오늘은 성민우가 약속이 있다면서 늦게 접속한다고 했다.

결국 지금은 혼자서 사냥을 하는 수밖에 없었다. 정령의 도움이 없어서 꽤나 버겁긴 했지만 어찌어찌 사냥은 가능했다.

한참을 사냥하고 휴식을 취하고 있는데 갑자기 메시기 하나가 떠올랐다.

['스컬 지팡이' 상세 내역 요청이 들어왔습니다.]

무혁이 메시지를 눌렀다.

[상세 내역 요청 확인 중]

['스컬 지팡이'의 '변형 마법'에 관한 상세 내역 요청입니다.]

[수락하시겠습니까?]

[Yes/No]

누군가 요청한 모양이었다.

뭐, 안 될 건 없지.

예스를 선택했다.

['변형 마법'에 관한 상세 내용을 말해주십시오.]

[녹음 중.]

간략하게 설명했다.

"변형 마법을 사용할 경우 활로 바뀜."

여기서 멈출까 하다가 한 가지를 더 언급해 줬다.

"스킬에 물리와 마법 계수 두 가지가 다 붙어 있을 경우 스컬 지팡이에 두 가지 대미지가 모두 적용됨."

그리고 녹음 중지를 눌렀다.

[녹음을 마치시겠습니까?]

[Yes/No]

예스를 눌렀다.

[상세 내역 전송이 완료되었습니다.]

이후 다시 흑귀목 사냥에 나섰다.

답변은 금방 왔다.

[변형 마법을 사용할 경우 활로 바뀜.]

[스킬에 물리와 마법 계수 두 가지가 다 붙어 있을 경우 스컬 지팡이에 두 가지 대미지가 모두 적용됨.]

미르의 표정이 밝아졌다.

"아아……!"

그토록 찾았던 무기가 지금 나타난 것이다.

변형할 경우 활로 변한다니!

게다가 물리, 마법 계수에 모두 적용된다는 확답까지 받았다.

물론 판매하는 유저의 말이기에 100퍼센트 신뢰할 순 없지만 그 유저가 자신의 상태를 알지 못하는 이상 거짓말을 할 이유는 없다고 판단했다.

그래, 찾은 거야!

고민은 짧았다. 곧바로 입찰을 시도했다.

금액은 200골드!

어차피 돈이야 넘쳐 났다. 무기를 제외한 모든 장비는 이미 최상으로 맞춘 상태다.

이 무기만. 이것만 있으면 돼.

그녀의 눈동자로 탐욕이 서린다.

반드시 내가 가질 거야.

사냥도 중단한 채 입찰 가격만 살폈다. 그때 가격이 변했다. 210골드로. 그녀는 바로 230골드로 올렸다.

남은 시간은 1시간 30분.

그래, 끝까지 기다린다.

시간은 천천히 흘러갔다.

또다시 가격이 변했다.

235골드.

그 시간의 흐름 동안 그녀의 흥분도 꽤 가라앉은 상태였다. 스컬 지팡이를 구입하겠다는 의지와 열망은 그대로였지만 흥분을 대신해 이성이 그 자리를 차지한 상태였다. 괜히 지금 금액을 올려봐야 손해임을 깨달은 것이다.

다시 시간이 흐른다.

이제 남은 시간은 30분 남짓.

손가락이 근질거렸다.

조금만 더.

20분이 더 흘렀다. 그러자 입찰 가격이 생각보다 빠르게 변화했다.

240골드. 242골드. 247골드. 250골드.

하지만 아직 가격은 낮은 수준이다.

다른 이들이야 300골드 안에서 구입하고 싶겠지만 그녀는 아니었다. 현재 발견한 유일한 물리, 마법 공격력을 지닌 듀얼 무기였다. 현재 지닌 전 재산을 소모하더라도 반드시 구입해야 했다.

공격력도 뛰어난 편, 욕심이 더해진다.

어느새 3분이 남았다.

1분.

그리고 30초.

그녀는 20초를 더 버텼다.

10초만 남은 상황.

현재 가격 298골드.

만약을 대비해 입찰을 시도했다.

일단 350골드.

그리고 2초를 기다렸다.

이런……!

입찰 가격이 더 올라갔다.

400골드.

5초가 남은 상황 또다시 입찰 가격이 바뀌었다. 그것도 연달아서. 번쩍하는 기분이었다.

그사이 3초가 지나 2초만이 남은 상황이었다.

안 돼!

급한 마음에 서둘러 가격을 정했다.

['스컬 지팡이'가 낙찰되었습니다.]

그제야 안도의 한숨을 쉬는 그녀였다.

한편.

무혁 역시 같은 시간에 메시지를 받았다.

['스컬 지팡이'가 판매되었습니다.]

[수수료를 제외하고 810골드를 획득하셨습니다.]

구입할 땐 적용되지 않는 수수료가 빠져나갔다. 괜히 속이 쓰렸다.

그래도 편리하니까…….

신음을 삼키며 다시 사냥을 이어갔다.

이틀 후.

오늘은 무혁이 볼일이 있어서 성민우 혼자서 사냥을 이어가게 되었다. 그는 홀로 흑귀목을 잡는 게 무리라면서 보다 낮은 사냥터로 이동했다.

"그래, 경매 끝나고 보자."

"오케이!"

무혁은 마을로 돌아가 약속대로 경매장을 찾았다.

"아, 오셨군요."

"네."

"일단 안으로 들어가시죠."

안내원과 함께 7층으로 올라갔다. 그곳엔 경매장의 총책임자가 무혁을 기다리고 있었다.

"앉으시죠."

그와 짧은 대화를 나눴다.

"일단 손님께서 맡기신 검은 뒤에서 네 번째에 나올 겁니다."

"마지막은 아니군요."

"네, 조금 특별한 물건이 세 개가 더 있어서요. 하지만 무기 중에서는 마지막입니다."

그 말에 고개를 끄덕였다. 나쁘지 않았다.

"언제 시작하죠?"

"5분 뒤에 시작합니다. 하지만 손님의 물건은 시간이 조금 걸립니다."

"뭐, 구경이나 하죠."

"예, 이쪽으로."

총책임자가 무혁을 안내했다.

지하의 어느 방. 투명한 유리 너머로 경매장의 모습이 드러났다.

"밖에선 이곳이 보이지 않습니다."

"그렇군요."

"그럼 편히 계십시오. 문 앞에 한 사람을 둘 테니 필요하면 부르시고요."

"네."

총책임자가 떠나고 무혁은 홀로 남아 경매를 지켜봤다.

"네! 현재까지 700골드 나왔습니다. 더 없습니까? 세 번 호가한 후에 마무리 짓도록 하겠습니다. 700골드, 700골드……."

"750골드!"

"네, 14번 고객님. 750골드!"

세상에서 가장 재밌는 구경에 속하는 싸움 구경.

이 역시 싸움이다. 돈을 놓고 벌이는 치열한 싸움. 재미가 없을 리가 없었다. 덕분에 지루하지 않았다.

새로운 아이템을 볼 때마다 무혁은 크게 놀랐다.

와아, 대단하긴 하네.

경매 시스템에서는 볼 수 없는 아주 뛰어난 것들만이 이곳에 존재했기 때문이다.

수십 개의 아이템이 낙찰되었다.

"자, 그럼 다음 아이템을 보도록 하겠습니다!"

아이템 정보가 뒤쪽에 설치된 새하얀 종이 위로 떠올랐다.

[혼이 담긴 장검]

공격력 69

추가 대미지 +10

힘 +3

내구도 150/150

경매에 참여한 이들이 고개를 쭈욱 내밀었다.

"흐음……?"

공격력은 조금 낮은 수준.

그런데 추가 대미지와 힘이 붙어 있다.

게다가.

"어?"

뒤늦게 발견한 사실.

"사용 제한이 없어?"

"허어."

그제야 저 장검의 가치를 깨닫는다. 머리로 빠르게 계산을 시작했다. 그중에서도 한 사람. 11번 팻말을 든 자가 유독 집중했다.

공격력에 힘만 본다면 300골드 수준인가? 그런데 추가 대미지가 있으니 500골드 정도는 될 것 같고……. 문제는 사용 제한이야. 레벨 1도 쓸 수 있다는 소리잖아? 잠깐, 내 친구가 이제 곧 시작한다고 했는데 저 무기를 쓰면 초반 레벨 업 속도가 장난이 아니겠는데? 적어도 40까지는 아마 미친 듯이 오르겠지. 게다가 무기 자체만 봐도 50까지는 무난하게 사용할 수 있겠어. 녀석한테 딱인데?

그는 잠시 밖으로 나가더니 로그아웃했다. 그리고 1분도 지나지 않아 다시 접속한 그는 자리를 잡고 앉았다.

무조건 사라니, 이것 참.

그래도 나름 기준은 있어야 했다.

그래, 그 정도라면…….

마침 경매가 진행되었다.

"그럼 경매를 시작하겠습니다. 시작 가격은 200골드입니다! 한 번의 호가마다 20골드씩 올라갑니다!"

여러 개의 팻말이 동시에 올라갔다.

"1번 참가자, 220골드. 8번 참가자 240골드."

가격이 빠르게 치솟는다.

"한 번의 호가마다 50골드씩 증가합니다! 11번 참가자 600골드! 23번 참가자 650골드!"

가치를 아는 자들의 경합이었다. 싸움은 더 치열해져만 갔다. 특히 11번 참가자, 그의 독주가 눈에 띄었다.

20골드씩 상승할 때도 중간에 맥을 끊은 적이 있었다. 300골드일 때 단번에 500골드를 부른 것이다.

"750골드! 800골드! 850골드……."

그랬던 그가 또 한 번 외쳤다.

"1,000골드!"

한순간 분위기가 가라앉았다. 하지만 이곳에 모인 이들 모두 돈 좀 있다는 인물이었다. 경합은 다시 이어졌다.

"1,100골드! 1,150골드! 1,200골드!"

어느새 분위기가 막바지로 치달았다. 팻말을 드는 이들이 빠르게 줄어들었다. 현재 남은 참가자라고 해봐야 세 명 정도.

그들이 서로의 눈치를 보기 시작했다. 솔직히 좋은 옵션이긴 하지만 랭커들의 레벨은 벌써 50후반으로 접어들었다.

이제 곧 60이 나타날 것이다. 그들이 사용하기엔 아쉬운 감이 있었다. 그렇기에 유망주를 키우기 위한 목적이나 혹은 다른 이유로 구입을 하려는 것인데 가격이 이렇게 높아지면 고민이 되게 마련이다. 아직 남은 아이템들이 더 뛰어날 것은 자명한 일. 준비한 자금을 모두 소모할 경우 경합에 뛰어들 수조차 없을 테니까.

"네, 1,400골드 나왔습니다. 더 없습니까? 없다면 세 번 호가한 후에 마무리 짓도록 하겠습니다. 1,400골드, 1,400골드! 1,400……."

누군가가 팻말을 들었다.

11번 참가자의 얼굴이 일그러졌다.

아, 젠장!

1,400골드에 낙찰받을 수 있었는데 또다시 돈을 써야 하는 상황이니 짜증이 날 법도 했다. 돈이 많다고 해서 이유 없이 낭비하는 걸 좋아하지 않았으니까.

고민하다가 외쳤다.

"1,600골드!"

기준으로 잡았던 1,500골드보다 100골드나 높았다. 하지만 다시는 경합에 끼어들지 못하도록 기를 죽일 필요가 있었다.

"……."

예상대로 분위기가 한풀 더 꺾였다. 끝까지 경쟁하던 이들의 표정도 굳은 상태였다.

좋아, 이걸로 끝내라. 제발.

경매사가 외쳤다.

세 번의 호가.

한 번, 두 번.

"1,600골드!"

그리고 세 번.

끝난 것이다.

좋았어!

"11번 참가자가 낙찰받았습니다!"

11번 참가자가 고개를 끄덕였다.

아이템 획득과 경매 대금 지불은 해당 물품의 경매가 끝난 직후 치러진다. 11번 참가자가 단상으로 올라가 금액을 지불하고 검을 쥐었다.

그의 입가로 미소가 그려지고.

"축하드립니다!"

수수료를 제외한 1,520골드.

그것을 손에 쥔 무혁 역시 웃음을 머금었다.

성민우와의 호흡은 날이 갈수록 좋아졌다.

"후아."

오늘은 오랜만에 오프라인에서 성민우와 만나기로 했다.

삼겹살에 소주 한 잔을 떠올리며 기분 좋게 집을 나서려는 순간, 주머니에 넣어둔 휴대폰에서 진동이 느껴졌다.

드드드드.

민우인가?

확인하니 문자 메시지였다.

입출금 내역?

자세하게 확인을 했다.

[Web 발신]

농협 입금 14,214,202원

08/22 17:55 356-xxxx-84xx-xx

㈜일루전

잔액 23,895,712원

입금자는 일루전이었다.

아, 정보료.

무려 1,400만 원이 들어왔다.

"허어."

40퍼센트를 지급받는 무혁이었으니 얼핏 계산해도 35만 명 정도가 정보를 열람했다는 소리였다.

엄청나네.

솔직히 그 정도 숫자가 정보를 열람했으면 이미 퍼질 만큼 퍼졌다고 보면 된다.

길드장 한 명만 열람해도 그 아래 간부 수십이 공유한다. 그

간부는 또 친한 이들과 공유를 할 테고 그 친한 이들은 또 다른 친한 이와 공유할 것이다.

무려 35만 명.

한 사람이 적게는 수 명, 많게는 수백에게 알렸을 테니 일루전을 즐기는 유저라면 이미 대부분이 정보를 안다고 봐도 과언이 아니었다.

1,400이라.

1년치 생활비가 들어온 것이나 마찬가지였다.

지금 지닌 골드까지 환전하면…….

현재 지니고 있는 것은 3,500골드가량.

당장 돈이 필요한 일은 없었다.

대충 3천 골드 정도는 환전해도 될 것 같았다.

그 돈으로 일루전 주식을 구입한다면?

예전부터 생각해 뒀던 그림이 실현 가능성을 보이고 있었다. 조금 흥분이 되었다.

일단 금화 판매만 올리고 가자.

서둘러 캡슐에 누워 일루전에 접속했다. 이후 경매장을 찾아 3천 골드 판매를 위임했다. 판매되는 금액은 수수료 1퍼센트를 제외하고 사전에 등록한 통장으로 즉시 입금된다.

좋아.

곧바로 로그아웃을 한 후 집을 나섰다.

드드드.

집을 나서자마자 문자가 왔다.

[Web 발신]
농협 입금 990,000원
8/22 18:03 356-xxxx-84xx-xx
㈜일루전
잔액 24,885,712원

벌써 100골드가 팔린 것이다.
허어…….
절로 입가에 미소가 그려졌다.
택시를 잡고 약속 장소로 향하는 사이 문자가 다섯 통이나 더 왔다. 순식간에 1천 골드가 팔렸다.
"여기! 좀 늦었다?"
"아, 미안. 경매장에 골드 좀 올려놓는다고."
"골드? 팔려고?"
"응."
"호오, 얼마나?"
"3천 골드."
"에엑? 3천 골드? 300골드가 아니라?"
"응."
"뭐야, 무슨 골드가 그렇게 많아?"

"던전에서 얻은 아이템이랑 전직하면서 얻은 템, 또 내가 만든 아이템들 하나씩 팔다 보니까 모였네."

"네가 만들었다고?"

"아, 내가 말 안 했나? 나 대장장이도 겸하고 있어. 요리사하고."

"허어, 독하네."

"독하긴."

"아니, 이제 보니까 부자였잖아?"

무혁이 피식하고 웃었다.

"부자는 무슨."

"오늘은 네가 쏴라."

"그러지, 뭐."

"오, 좋아. 이모! 여기 삼겹살이요!"

"네에! 몇 인분 드릴까요?"

"5인분 같은 3인분이요!"

"아아, 네에……."

점원이 썩은 미소를 지으며 돌아갔다.

"크큭, 표정 봤냐?"

성민우는 그렇게 말하며 눈짓했다.

왼쪽, 왼쪽.

뭐지?

무심결에 왼쪽을 바라봤다. 그곳에 아리따운 두 명의 여인이 자리를 잡고 소주 한잔을 걸치고 있었다. 의도는 단번에 파악이 되었다.

"이 형님이 가서 한번 합석 신청이라도 해볼까?"

"아서라."

"왜? 못 할 것 같냐?"

"응."

"어어, 이 녀석이……."

성민우는 자존심에 상처 입은 표정을 지었다.

"좋아, 내가 보여주지!"

그러곤 자리에서 일어나 그녀들에게로 향했다. 손을 뻗더니 한 여인의 어깨에 턱 하니 올렸다.

"민아야!"

"어? 누구세요?"

"아, 죄송합니다. 아는 친구인 줄 알고요."

"아, 네."

"저기, 근데요."

"네?"

"제 친구랑 너무 닮으셨는데……."

"아니에요, 저."

"에이, 너 민아 맞지? 성형했어? 언제 한 거야?"

"저 아니라니까요."

"맞는 것 같은데? 부끄러워서 그래?"

"저 아니라고요!"
여인이 버럭 고함을 질렀다. 그제야 성민우가 주춤거렸다.
"아, 그래요? 죄송합니다."
"후우, 괜찮아요."
"사과의 의미로 술이라도 한잔……."
"됐거든요."
"한잔만……."
"됐어요!"
몇 번을 더 거절당하고서야 자리로 돌아왔다.
"흐음, 내 취향이 아냐."
"크큭, 술이나 마셔, 인마."
"그래, 한 잔 줘봐라."
소주 한 잔을 들이켜고는.
"크으, 인생처럼 쓰구나."
어이없는 말을 중얼거리는 그였다.

한참 술이 들어갔을 무렵.
"하아, 요즘 걱정이다."
그가 속을 털어놓기 시작했다.
"왜?"
"재취업 준비하고 있잖아."
재취업. 정말 어려운 일이다.

"그치."

"쉽지가 않아."

문득 성민우도 일루전에 올인하면 어떨까 싶었다.

가능하지 않을까?

그러면 성민우가 사냥에 더 집중할 수 있을 것이고 그건 곧 무혁에게도 이로운 결과로 다가온다. 정령과 스켈레톤의 호흡이 아주 좋았으니까.

"너 스탯이 어떻게 되냐?"

"일루전?"

"어."

"으음, 힘이 31이고 체력이 20, 민첩이 11이었나."

"힘이 높네."

"아무래도 근접이니까."

"흐음……."

"왜?"

"너 그냥 일루전에 올인하면 어때?"

"일루전?"

"어, 그거 꽤 돈 돼."

성민우는 고민했다. 솔직히 무혁이 3천 골드를 판다고 했을 때 크게 놀랐다. 겉으로 드러난 것보다 훨씬 더 많이. 시작한 지 겨우 3개월이다. 그 시간 동안 저렇게 벌었으니 대단한 일이다.

하지만 과연 자신도 할 수 있을까 의문이 들었다.

"내가 할 수 있을까?"

"도와줄게."

그 말에 더욱 크게 흔들렸다.

"인생 뭐 있냐, 너 어차피 혼자 지내잖아."

"으응."

"그럼 부모님한테 들킬 건 문제없고. 딱 3개월만 올인해 봐."

3개월이라.

성민우는 현재 자신이 지닌 돈을 얼추 계산해 봤다.

그 정도는 버틸 수 있겠는데…….

문제는 실패하면 부모님에게 손을 벌려야 한다는 사실이다.

"뒷일은 그때 가서 생각하고. 어때?"

"에라이, 모르겠다. 그래! 하자, 해! 딱 3개월만이다!"

솔직히 누군들 즐기면서 돈 벌고 싶지 않을까. 성민우도 사실 일루전에 올인하고 싶었지만 자신이 없었기에 시도하지 않았을 뿐이다. 하지만 지금 눈앞에 올인해서 성공한 녀석이 있다. 게다가 절친이다. 그 절친이 직접 도와준다고까지 이야기를 했다.

가능성은 있어.

지금 레벨 업 속도만 봐도 알 수 있었다.

정말 엄청난 속도니까.

레벨을 올리면 더 좋은 아이템을 얻을 기회가 생길 것이다.

"대장장이도 겸직해라."

"어? 대장장이?"

"응, 그거 아주 짭짤해."

"진짜?"

"응, 일단 아르센 왕국으로 향해서……."

게다가 이렇게 상세한 길까지 알려준다.

거칠게 고개를 끄덕였다.

아침에 눈을 뜬 무혁은 쓰린 속을 부여잡으며 차가운 물을 들이켰다.

"크하아."

그제야 정신이 조금 들었다.

아, 어제…….

새벽 2시까지 성민우와 술을 마셨다.

정말 끝까지 취해버렸다. 길에서 서로 어깨동무를 하고 고성을 지른 기억도 났다.

아아, 젠장.

꽤나 많이 부끄러웠다. 고개를 흔들며 기억을 털어버렸다.

"으으."

일단 뭐라도 먹어야 할 것 같아 대충 모자를 쓰고 집을 나서 근처 국밥집으로 들어갔다.

"국밥 한 그릇요."

잠시 기다리니 국밥이 나왔다. 한 숟가락을 퍼서 바람을 불어 식힌 후 깍두기 하나를 올려 한입에 넣었다.

"후읍, 후아……."

뜨거움이 입안을 채웠다.

아삭한 깍두기의 식감과 고소한 쌀밥, 그 순간 느껴지는 쫄깃한 고기가 조화롭게 어우러지며 미소를 선사했다.

으으, 맛있어.

속으로 들어가니 뜨끈해졌다. 쓰린 속이 조금 가신 것 같았다.

아아, 살겠다.

반 그릇을 비운 후 휴대폰을 꺼냈다. 인터넷을 검색하면서 느긋하게 식사를 이어갔다. 그러다 어제 계획했던 주식 매매를 떠올린 후 일루전 주가를 확인했다.

1주당 322만 원이었다.

많이 올랐네.

하지만 아직도 3배 이상의 수익을 올릴 수 있다. 지금 바로 구입한다면 말이다.

좋아.

무혁은 서둘러 국밥을 먹었다.

근처 증권사로 향해 통장을 하나 만든 후 거기에 5천만 원이라는 거금을 넣었다. 남은 돈이 겨우 380만 원 남짓이었지만 3개월은 충분히 버틸 자신이 있었다. 그 안에 반드시 괜찮은 아이템을 획득하거나 만들어낼 자신도 있었고.

집에 도착하자마자 증권사 앱을 다운 받았다. 공인인증서를 옮긴 후 일루전을 검색해서 주식을 매수했다.

1주당 322만 원. 구입한 것은 겨우 15주뿐이었다. 총 4,830만 원으로.

남은 170만 원은 다시 생활비 계좌로 이동시켰다. 덕분에 생활비가 510만 원으로 늘어났다. 하지만 만족스럽지 않았다.

겨우 15주.

인생에서의 단기 목표가 정해졌다.

올해 안으로 30주만 채우자.

의욕을 불태우며 성민우에게 전화를 걸었다.

"자냐?"

-방금 일어나서 밥 먹고 있어…….

"일루전 해야지."

-어, 속이 너무 쓰려서…….

"다크게이머 하려면 부지런해야지. 30분 안으로 접속해라."

-으으, 알겠다, 이 악마 같은 자식아!

무혁은 통화를 종료하고 일루전에 접속했다.

흑귀목의 숲 앞에서 기다리며 미리 사온 재료로 먹을 만한 음식을 만들었다. 현실에서야 배가 부른 상태지만 게임 속 캐릭터의 포만감은 절반 이하로 떨어졌기 때문이다.

성민우의 것까지 만든 후 1회용 제작 도구를 꺼내어 방패 제작을 시도했다.

타앙, 타앙!

[결을 맞혔습니다.]

[진행도(3.9퍼센트)가 상승합니다.]

[2연속으로 결을 맞혔습니다.]

[보너스 진행도(0.1퍼센트)가 상승합니다.]

방패도 검과 다를 게 없었다. 철광석으로 검의 형태를 이루면 검이 되고 대검의 형태를 이루면 대검이 되며 방패의 형상을 만들면 방패가 된다.

무혁은 상체를 전부 가릴 정도로 거대하게 만들었다. 몸을 숨기기에 용이해야 하기 때문이었다.

작은 방패를 선호하는 유저도 많다. 큰 방패는 거추장스럽다고 여기는 이들. 혹은 패션을 중요하게 생각하는 자들.

무혁은 그들과는 다르다.

효율이 중요하지.

몇 번의 망치질이 이어지고.

[결을 맞혔습니다.]

[진행도(3.9퍼센트)가 상승합니다.]

[방패가 완성되었습니다.]

[칭호의 효과가 적용됩니다.]

방패 하나가 만들어졌다.

"여, 뭐 해?"

마침 성민우가 나타났다.

"아, 방패 하나 만들어 봤어."

"방패?"

성민우가 호기심 어린 시선으로 바라본다.

"궁금하냐?"

"어, 겁나!"

무혁이 방패를 내밀었다.

두 사람이 동시에 성능을 확인했다.

[활력의 방패]

방어력 7

충격 흡수 61%

체력 +1

내구도 200/200

사용 제한 : 체력 35

옵션은 그냥 그랬다.

그래도, 뭐…….

나쁘지는 않았다.

칭호가 적용된다고 해도 확실히 사용 제한은 매우 높은 확률로 붙었다.

무혁은 애초에 기대를 크게 하지 않았기에 고개를 끄덕이며 경매장에 팔기로 했다. 강화 스켈레톤과 검뻐 모두가 이보다 더 좋은 방패를 사용하고 있었기 때문이다.

반면, 성민우의 감정은 무혁과는 전혀 달랐다. 그는 역시나 크게 놀라고 있었다.

"이, 이걸 직접 만든 거야?"

"응, 그러니까 너도 어서 배워. 힘이 높을수록 좋으니까."

거칠게 고개를 끄덕이며 물었다.

"20골드는 넘겠지……?"

"아마도."

"항상 이 정도로 만드는 거야?"

"에이, 아니지. 평소에는 이것보다 수준이 떨어질 때도 많아. 판매가 아예 안 되는 경우도 많고. 이 정도 수준도 가끔씩만 나오는 편이고, 진짜 운이 좋아야 100골드 수준의 아이템이 나온다고 해야 하려나."

"아아……."

그제야 납득이 갔다.

"뭐, 지극히 낮은 확률로 초대박도 나오고."

"이야, 그래? 나온 적 있어?"

"있지, 딱 한 번. 그거 팔아서 1,500골드 넘게 벌었거든."

"허얼……!"

성민우가 다급히 일어났다.

"나, 지금 갔다 올게!"

"뭐? 지금?"

"어! 혼자 사냥 좀 하고 있어!"

그러곤 후다닥 달려갔다.

"……."

멀어지는 그를 보며 무혁은 허탈하게 웃었다.

하여간, 성격하곤.

별수 없이 홀로 전투를 준비했다.

to be continued